我的生活也离不开美一天

[日]北大路鲁山人 著

何晓毅 译

长江出版传媒　长江文艺出版社

新出图证（鄂）字 03 号

图书在版编目（CIP）数据

我的生活一天也离不开美/（日）北大路鲁山人著；
何晓毅译. -- 武汉：长江文艺出版社，2021.7
ISBN 978-7-5702-2150-9

Ⅰ.①我… Ⅱ.①北… ②何… Ⅲ.①散文集 – 中国
– 当代 Ⅳ.①I267

中国版本图书馆 CIP 数据核字（2021）第083182号

责任编辑：张莹莹　　　　　　　　责任校对：武环静
策划编辑：洪紫玉　　　　　　　　责任印制：张　涛

出版：长江出版传媒｜长江文艺出版社
地址：武汉市雄楚大街 268 号　　　　邮编：430070
发行：长江文艺出版社
　　　北京时代华语国际传媒股份有限公司　（电话：010-83670231）
http：//www.cjlap.com
印刷：北京盛通印刷股份有限公司

开本：880毫米 ×1230毫米　1/32　　印张：8.25
版次：2021 年7月第1版　　　　　　2021 年 7月第1次印刷
字数：188千字

定价：45.00 元

我希望这世界即使一点一滴也越来越美。
我的工作就是那一点一滴的表现。

没有出奇的想法，
就不会有出奇的结果。

人一辈子，
总会碰到走投无路、
　一筹莫展的时候，

有人遇到的困难大，
有人遇到的困难小，

但是自我局限的人生，
　无疑也是一种陋习。

创作者的立场应该是，
在直面自己工作的时候，
应该是彻头彻尾、决不妥协地自由。

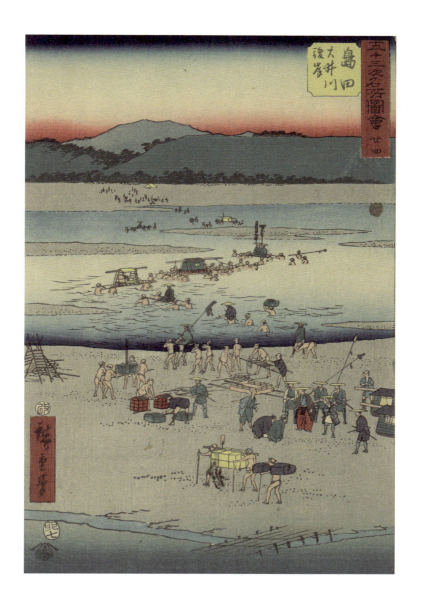

在学绘画之前，先学会做人。

没学会做人，也就画不出真正的绘画。

人大概都得修行，
再没有比能在自己喜爱的路上修行更幸福的事了。

天上天下，唯我独尊
——北大路鲁山人
其人其事其思其艺

北大路鲁山人57岁时写过一个横幅，就八个大字："天上天下，唯我独尊"。

恕我孤陋寡闻，除了释迦牟尼外，还从未听到过第二个人如此狂傲，连我那些轻薄自傲的同事，即便私下也不敢如此夸口。而深受儒家传统文化影响的中国文人（包括文化人、艺术家等），更是谦逊，无论私下如何看不起别人，如何唯我独尊，但当着别人的面或公开场合，都要自谦"鄙人"、说自己的作品为"拙作"、称自己的妻子为"糟糠"、称自己的家为"寒舍"……犹如此时的我，虽然还不至于真的什么都不知道，但还是一定要说"恕我孤陋寡闻"。

但北大路鲁山人却敢大言不惭、自豪自傲地宣言"天上天下，唯我独尊"，难道他没有自知之明？不知道日本人一贯标榜的"自谦""知耻"的德行吗？

如果他有自知之明而自吹，如果他知道日本人标榜的那些所谓美德而敢冒天下之大不韪，在标榜"和为善"的日本社会狂傲地高叫"唯我独尊"，那么，是谁给了他如此大言不惭的底气？如此大言不惭的底气到底从何而来？或者更直白地说，北大路鲁山人到底是一个什么样的人？他的人生到底是个什么样的人生？他取得了什么了不起的艺术成果，能令他如此底气十足，天不怕地不怕？

## 一个命运多舛、天授奇才的人

励志的故事我们听过很多，鸡汤也喝过不少，而鲁山人的人生，就是一碗浓浓的鸡汤，可以让我们这些没有来头、没有背景的人喝个够。鲁山人的前半生，简直就是受苦受难、痛苦挣扎的人生典型。但孟子告诉我们："天将降大任于斯人也，必先苦其心志，劳其筋骨，饿其体肤……"相比后来取得的艺术成就，前半生那些苦难经历，我们可以认为，这是上天对鲁山人这个天才的眷顾，或者说这些苦难是一个成功者必须要经历的磨炼。

北大路鲁山人本名北大路房次郎，明治十六年（1883年），作为京都上贺茂神社社家<sup>①</sup>北大路清操次子出生。社家在江户时代是吃俸禄，可世袭的。但明治维新以后，日本废除了世袭制度，社家的生活也就没有了着落。而且日本从江户时代起，次子是没有继承权的，所以对陷入贫穷的北大路家来说，鲁山人从生下来的那天起，注定就是一个多余的人。鲁山人的父亲在他出生4个月前自杀。鲁山人出生后不几天，他母亲就把他送到滋贺县坂本村的一个贫农家里。这家人因为婴儿早夭，女主人乳胀难受，想要一个婴儿来吃奶以解除痛苦。鲁山人的母亲在放下婴儿鲁山人后就突然消失，再也不见了。婴儿鲁山人在这个贫农家里，除了能吃一口奶以外，其他时间被扔在一边，任由他自生自灭。此时救了他性命的是当地巡警的妻子。这个巡警名叫服部良知，他的妻子人好心善，她看到幼小的鲁山人实在可怜，就把他抱回家，自己养起来，鲁山人就这样成了服部家养子。可好景不长，两个月后服部也玩起消失，突然也就不见了。没过几年，收养鲁山人的巡警之妻也积劳成疾去世了。

---

① 上贺茂神社：上贺茂神社是位于京都市区上贺茂地区"贺茂别雷神社"的俗称，属古都京都文化遗产群世界遗产之一。"社家"为神社的世袭神职家庭。

年幼的鲁山人在亲戚之间被转来转去，直到 6 岁的时候，他才迎来了人生第一次转机。因为每日被亲戚打骂，邻居们实在看不过眼，就帮他找了一个养父——一个无儿无女的木板师福田武造。这个福田虽然穷得叮当响，所幸还是让鲁山人上了小学。鲁山人 10 岁小学刚毕业，就被送到别人家当童工。

　　鲁山人当年跟别人说过："小时候，我被送到穷得叮当响的人家。穷人家不会想到要把孩子培养成人，所以就像扔垃圾一样把我扔给别家当养子了，可见我自己的生家已经穷到什么地步了。就这样被送来送去，送给的都是穷苦人家。有一段时间，我都不知道自己有几个父母。被送到这样的家庭，我从没被当作亲生子养育过。我活到今天，没有兄弟姐妹，没有伯父叔父、姑妈姨妈，总之，凡是与血缘有关的，都与我无关。"

　　鲁山人想上京都绘画学校学画，但是福田家很穷，如何能答应他上学？无奈，他只能在家给养父木板师福田当下手。因祸得福，因此他学会了写字、木板刻字等技术。

　　尽管如此，他还是不死心，还是想学日本画。但他无钱买画画需要的纸张、颜料、笔墨等材料，这如何是好？

　　所谓天无绝人之路。当时京都有一种企业赞助的青少年书法大赛，每年举办一次，企业给奖品。鲁山人为了挣奖品换钱买绘画材料，便按要求写字应募。要么说人和人不一样呢，从未上过习字班的鲁山人随便一写，竟然就得了当年的三个大奖。随后几年，只要参加，就能获奖。鲁山人由此对书法产生了兴趣，有钱就买古字帖等，开始钻研书法。

16岁时，鲁山人发现西洋看板（店名招牌）流行，就开始自学并钻研美术字，竟然很快就成为京都书写西洋看板美术字的名手。20岁时，得知自己亲生母亲在东京打工，一是想见生母，二是想拜当时最有名的书法家日下部鸣鹤和严谷一六为师，遂单身上京。在母亲雇主的介绍下，他虽然见到两位书法名家，交谈过后，却没觉得有什么学的。他从人家徒弟那里打听到老师学什么，然后搞清楚了他们不外传的字帖范本，后来，他就直接学那些字帖。

我又要说了，天才和凡人就是不一样。上京第二年，小学文化程度，没拜过名师的鲁山人写了一篇隶书千字文，投去参加日本美术展览会，结果又是一炮打响，竟然获得一等奖第二名，作品也被当时的内阁大臣田中光显收藏。

那之后，为了生活，他发挥自己写字特长，跟人学版面设计，学写印刷美术字。后来他独立开店，靠写招牌、写印刷美术字生活。几年后到朝鲜，在殖民政府印刷局当职员，还是写字、写印刷版面。这一时期他遍游朝鲜半岛和中国大陆各地，看了大量石碑、雕刻、字帖等。29岁时，他在上海还拜见了一直尊敬的吴昌硕，被吴昌硕自然娴雅的生活所感动，决心也要顺应自然生活。

回到东京的鲁山人已经成为一流书法家、篆刻家、招牌书写家等，他的书法和篆刻，受到各界推崇和赞扬。特别是滋贺县有一个经营纸张批发的豪商，名叫河路丰吉，丰吉非常赏识和崇拜鲁山人，恳请他长居自己家当食客。鲁山人遂于 30 岁时回到关西，在河路家当食客直至 33 岁。在此期间，他走遍京都、长滨、靖江、金泽、山代等地，客居各地豪商富贾宅邸，遍食美味、鉴赏古董、初识陶艺等，为他后半艺术全才人生，打下坚实基础。

所以你看，天才和凡人的区别就在于此。受苦受难的人很多，但如果没有超越常人的天赋，没有上天眷顾，即使努力付出，也不过就是过个小日子而已。而像鲁山人这样命中注定就不一般的人，虽然小时候受的苦超过常人，但关键时刻，上天总会眷顾他。比如刚出生他母亲就不要他了，可是却被一个好心的警察之妻收养；比如在亲戚家时常被拳打脚踢，就有好人看不过眼，把他介绍给爱吃好赌的人做养子；比如这个贫穷的赌徒没钱供他上学，他就有了自学的习惯，加上天分，便学会写字；比如上京后想跟书法家学书法，虽被拒之门外，但却使他坚定了独立自学的决心；比如有豪商赏识，在人家当食客，就有机会结识许多名流大家，见识无数古董，尝遍天下美食；比如，当时日本年轻男人都被征兵，老天爷惜才竟然到了如此地步，他因近视躲过了这一劫；比如他只要参加书法比赛，每次必然获奖……

鲁山人命运虽然多舛，但上天之眷顾，再加上他很勤奋，成绩却也令人刮目。


## 一个食不厌精、自作自食的人

在日本，京都、大阪一带被称作关西。京都作为有几百年历史的故都，自有其深厚的文化底蕴和优雅的饮食生活。京都食物精美，食物量少，讲究摆盘，所用食材少有豪华贵重之物，多为时令蔬菜和山珍野味。大阪自古是商业城市，汇集了从日本各地云集而来的物资和食材，为大阪的饮食文化提供了物质基础。而大阪商人众多，也为大阪饮食文化的形成提供了经济基础。鲁山人就是在这样的环境中一直长到20岁，所以他深深地受到关西饮食文化的熏陶。

他在福田家当养子时，养父不仅好赌，还好吃。只要挣到几个钱，都吃掉喝掉了。鲁山人在这样的人家，知道了吃就要吃美味的东西。因为每日要帮家里蒸米饭，又学会了把三等米蒸出一等米味道的绝技，及至他在豪商河路丰吉家当食客时，更是有了不一般的体验。他每日与豪商富贾打交道，游遍各地，食遍各种四季美味，知道了大量料理知识，见识了高级料理的做法和讲究。特别是京都棉花商内贵清兵卫，他是一个美食家。此人早已吃腻料理店的高级料理，竟然每日都去市场买最好的食材，自己在书斋自炊自食，自得其乐。鲁山人通过当内贵清兵卫的助手，领悟到了"自炊自食，自得其乐"的奥义。后来，鲁山人之所以能成为美食家，与此时的体验有着不可分割的关系。

鲁山人真正被人当作美食家认识和崇拜，还是在他经营"美食俱乐部"和"星冈茶寮"之后。

经过漫长的寄人篱下生活，他回到东京，和朋友一起开了一家名叫"大雅堂艺术店"的古董店，经营古董字画。在这期间，他经常自己做饭带到店里去吃。常客看到他做的饭好，就对他说，你做的饭比饭店的好，我们给你钱，你给我们做饭吃吧。鲁山人本来就喜欢做饭，于是答应了。后来，鲁山人与人合作开了美食俱乐部。当时谷崎润一郎在《朝日新闻》连载的小说《美食俱乐部》很有名，他们就顺手拿来做自己俱乐部的名字。他做菜的名声渐大，各路开着豪车来吃饭的名人越来越多，门前道路经常停满车，多次受到警察警告。

如果说美食俱乐部是他初涉美食，是奠定他"美食家"美名基础的时期，那么星冈茶寮就是他正式下海，升华成日本"最负盛名的美食家"的黄金期。

1923 年关东大地震，东京一带化为一片废墟。鲁山人说"为那些因为地震不能吃到好吃的菜肴的人，我下了决心，在芝公园用苇帘子搭建了一个小小的料亭，起名叫'花茶屋'"。

花茶屋开张后照例门庭若市，大获成功。看到这种现象，有人建议他开更大一点的店，这就是与他人合作开张的星冈茶寮。星冈茶寮是他正式经营的日本料理店。可以说，鲁山人的美食料理在这一时期已经名声在外。他从一个爱吃、会吃、会做的名人，升华为一个小有名气的日本美食家。

有人问他，做料理最初的动机是什么？他说："怎么说呢，本来就喜欢料理吧。喜欢，是一切成功之源。"


## 一个纯粹逼真、永不妥协的人

鲁山人说自己刚上京时，"那时有一家名叫'伊太利'的西餐馆，师傅非常喜欢炫耀自己做的意大利'乌冬面'……号称会做 200 多种通心粉。我每天都去点不一样的吃。从这你就能看出我是多么喜欢研究吃的了吧。我觉得这是一个难得的机会，所以每天都去"。后来对方终于求饶告输。他虽然收入不高，但他竟能把所有收入都吃掉。"我只要认准一个地方，那就一定要吃到自己的舌尖彻底佩服为止。因此我的工资，就这样全部吃掉了。"

办起美食俱乐部后，鲁山人追求美食的执着开始开花结果。鲁山人完全按自己的理想来制作菜肴。店内收容客人不超过百人，没有艺伎，服务员不给客人斟酒，只提供精美的食物、高雅的空间以及安静的谈话环境。他每日到市场上去选最好的食材，然后亲自下厨，做最讲究的料理，用中国明清时期和日本桃山时代的古董食器盛装，供能付得起高额会费的各界名流品尝。

鲁山人生前曾对人说过："我一天到晚都在想，食物就是探究美味，想得连自己都觉得不可思议。看到吃着无聊乏味的东西却毫不在乎的人就想损他几句。我现在也是自己做自己吃。一日三餐哪怕有一餐不能满足我都不能忍受。我希望自己的一生就是美食的一生。"

鲁山人追求极致没有尽头。他认为食器是料理的衣裳，最好的料理需要最雅致、合体的食器盛装，就像美人需要穿华美合体的衣裳一样。因此，他在美食俱乐部一直都是用古董级食器盛装料理。随着食客的增加、规模的扩大，店里的古董食器不够用了。可市面上现代陶工做的食器，他没看上一件。这可如何是好？

追求极致没有尽头的鲁山人，只好亲自动手，制作食器。所以鲁山人开始制作陶瓷器的动机，其实是非常现实的，并不是要做什么陶艺大师，而是因为他做任何事情都追求极致，永不妥协，再加上天分，所以他一不小心，又成了日本近代最伟大的陶艺家。

## 一个崇尚自然、师从自然的人

鲁山人3岁那年，养母背着他在其出生的上贺茂神社后面的神宫寺山散步时，山路两边鲜红的杜鹃花，在初夏灿烂的阳光下，光耀夺目，给幼小的鲁山人留下强烈印象。他后来多次回忆说，他当时就坚信，自己是为了寻找世上最美的事物而出生的，自己要用一生的时间，去追求美的东西。

鲁山人的艺术生涯有个一贯的观点，那就是崇尚自然。他认为，自然的一切都是美的，都是值得学习的。所以鲁山人菜肴的特征是最大限度地发挥素材的特长，选用最好的素材，他直言，料理的好坏多取决于材料，他坚信"无味之味"。他烹饪菜肴，就是师从造化，尽最大限度发挥食材特点。

对于书法，他也总是强调，跟着字帖练习时，要师法自然。那么，字要练到什么程度才叫好呢？鲁山人说：离自然现象越近越好。说到底，字的样本在自然界……从自然界学习一笔一画……以自然的线条写字。

在制作陶瓷器上，他当然更是注重观察自然、学习自然、模仿自然。"我尊崇的唯一的模范是所有自然之美，我矢志不渝地追求着这种美。" 制作艺术陶瓷器的前提是需要涵养对于美的鉴赏能力，也就是知道什么是美，什么是丑。那怎么涵养美感，涵养对于美的鉴赏能力呢？鲁山人得出的结论还是师从自然。他认为，除了从眼前的自然美和高尚的人工美上学习之外，别无他法。此外，还要提高自己的美术眼力，接近自然，观察自然，投身自然之美，涵养鉴赏欲望之源，养成不被扭曲的直观眼力。

鲁山人一直追求的都是师法自然。他把陶艺当作一种自我心中的艺术，他只相信自己心里的美感，一直把以艺术眼光观察的自然之美当作创作灵感之母，当作师傅。他坚持师法自然，从而制作美术价值至上主义的陶瓷器。

## 一个崇拜古人、蔑视今人的人

鲁山人开始自己制作陶器的最大的动机是为了给自己的美食配上般配的食器。而最直接的原因就是他看不上当时市面上销售的陶瓷器。

鲁山人说："现代的陶瓷器，已经堕入令人叹息的状态。我们不得不声明，现在绝无一件具有艺术生命的作品。"他无情批判战后日本陶艺界。他认为，现代的陶瓷器作品已经到了令人寒心的地步；作家中没有出现杰出的天才；没有人谈论美，没有人追求美。除了少数作家以外，大部分人的美术眼光都逐渐低下，自行堕落、玷污艺术、残杀陶艺，令美术世界失去绚丽的色彩。

但鲁山人对古代的艺术品，却推崇备至。他称赞桃山时代有着富饶的艺术力量，桃山时代的陶工随便画的一条线里，就富含着令今天的我们惊诧的当时风雅之人的丰富内心世界。那个时代的东西，令人惊诧的是不论什么都非常雅美。

鲁山人不光崇尚古代陶瓷器，在制作上，更是从模仿古代陶瓷器开始。"我的陶艺大部分都是以日本各种古典陶瓷器为模范的。""不论东西，古典的陶瓷都是我的模范。""在制作上我追求的，全部都在日本和中国的古陶瓷器精品上。"

鲁山人习字也只跟古人学，他不愿跟当下的人学。他认为弘法大师等古代日本人的字最好，而近代以来的日本人，只知道模仿，只知道字写得"端正"就是好字，忘了艺术，忘了创造，写出来的字呆板僵化，不值一提。他甚至把这种现象与政治联系起来，批判当时的政治家都不善写字，骂这些人对书法一无所知。

总之，鲁山人是一个极端推崇古人、蔑视今人的人。

## 一个艺术至上、厌恶匠气的人

在批评家中，像鲁山人这样露骨地把艺术家和工匠区别看待，像鲁山人这样无限抬高艺术家，没有底线地贬低工匠的人大概不多。也许和时代的影响有关，大概也和他口无遮拦，想哪儿说哪儿的性格有关。总之，他所有的言论中，只要和艺术家或工匠之类的话题沾上边，他就会毫不客气进行褒贬。他评论许多艺术作品的标准，也只看是否具有独创的艺术性。

比如他就非常瞧不起职业书法家的字。他认为那些人写的字，只是样子好看，却没有内涵，缺乏内在美、精神美。中林梧竹是日本明治时代很有名的书法家，与鲁山人曾经渴望师事的日下部鸣鹤、严谷一六并称"明治三笔"。但在鲁山人看来，那也仅是一个可以称作书法家的写字匠，属于没有伟大精神内涵的一种艺人而已。究其原因，他认为中林梧竹的字缺乏内涵，毫无价值。

他甚至绝对地说，自古以来，职业写字的人中从未出过一个出类拔萃的书法家。

他谆谆教导习字的人，不要跟那些职业书法家学习，要直接跟古代好的字帖学。因为那些职业书法家，都是为了挣钱才写字，他们写的字都有一种"匠气"，缺乏美感。

同样，他也很看不起那些职业的厨师。他甚至不让他店里的学徒在外面吃饭，认为会吃坏口味，染上"不良习惯"，要求店员在外办事时，到了吃饭时间一定要赶回自家的饭店。

在制作陶瓷器上，他更是变本加厉。他强调自己追求的一直都是艺术创作，追求艺术至上，而不是像工匠那样，只是制作盛饭装菜的日用食器。"我彻底追求的是内涵的，也就是本质的和精神上的东西。"

他指责那些不自己动手练泥拉坯，只是动口不动手的所谓陶艺家。"这种做法创作的作品，没有精髓，只有精巧的形骸，其作品当然不会有任何魅力。换言之，缺乏内在精神，所谓始于精巧名器的外形，而终于卑鄙恶器之内涵。"

对于艺术的这种态度，也体现在鲁山人对艺术家的定义中。他在《艺术性的字与非艺术性的字》一文中说："从事艺术性工作的人是艺术家，但创造出艺术的人，并不一定就是以艺术为职业的人。世界上有无数名为艺术家的人，可是出自那些人之手的艺术，可以说是少之又少。那些人只不过是从事着具有艺术性的工作而已。"

## 一个孤高自傲、狂妄不羁的人

鲁山人当年凭一幅隶书千字文荣获日本美术展览会一等奖第二名，但他后来却再也没有参加这种展览，而且一有机会就拿此类展览开涮，骂这些展览的展品如何匠气、如何呆板、如何乏味等。既然一炮打响，为何突然再也不参与了呢？

原来当年他获得一等奖第二名，去参加颁奖仪式时，发现获得一等奖第一名的是个老头儿。他在会场仔细观摩了一下那位获得第一的老头儿的作品，觉得怎么看都不如自己的，然后就觉得这些展览会的评奖有猫腻，不公平，然后就决定再也不跟这些人玩了。所以鲁山人的孤傲是有原因的。

他瞧不起当时所有美食家以及美食评论家。他也毫不掩饰自己的优越感，曾公开宣称"也不是吹牛，我才是事实上的日本第一美食大家"。

河井宽次郎是与鲁山人同时代的一个非常有名的陶艺家，在陶艺上比鲁山人出道还早，成名还早。鲁山人还没开始专心制作陶瓷器时，河井宽次郎就已经在百货商店开个人展了。但鲁山人对如此大名鼎鼎的人物，批评起来也毫不客气。他参观完河井宽次郎作品展，就写文章骂："河井宽次郎的制陶到底还是穷途末路了。""最近在高岛屋看了他的作品展后非常吃惊，简直就是黔驴技穷，像睡着了一样不像样子。""他的制陶却丝毫没有进步。不但没有进步，反而一直在退步。""他视野狭窄，放弃对美的追求。""他不知道保持晚节。"

当然，他这些傲慢的言行，受到很多非议和责难。很多被他批评的人气愤地诽谤他的人格，认为他不正常。

但鲁山人胸怀坦荡，从不背后骂人。"我从不吹捧人。不但不吹捧，可能说起坏话来比茶人还难听。但我哪怕在对方的面前，也同样说他的坏话。不好就是不好，我会直话直说。我不会在对方面前吹捧对方，却在背后骂对方。"

他厌恶现代茶道的一个主要理由，就是认为那些茶人当面互相肉麻吹捧，背后却互相指责谩骂。他觉得现代茶道堕落的原因便在于此。


## 一个献身艺术、甘于寂寞的人

鲁山人晚年隐居山中30多年，过着几乎没有社交的生活，简直就是一副活神仙模样。那么，他隐居在这里干什么呢？

他就干一件事，那就是制作陶瓷器，追求陶瓷器艺术的真谛。

为了艺术，他几乎把人得罪完。

星冈茶寮本是他跟别人合作经营的，但他完全不顾成本，选用最高级食材，购买大量古陶瓷器做食器，带来经营危机，却"屡教不改"，最终被赶出茶寮。

他只认艺术，不认权威，把当时有名的艺术家骂了个遍，得罪了几乎所有与艺术沾边的名人，招来无数责骂，最后沦落到孤家寡人的地步。

鲁山人一生结婚六次，全都破裂。鲁山人的两个儿子，也都早夭。有一女儿，从小溺爱娇惯。女儿长大后曾偷拿他的古董卖钱，被他一气之下赶出家门。鲁山人死后都没原谅她，甚至没有同意女儿出席自己的葬仪。

如此孤家寡人，非但不反省，反而为自己隐居山里，能专心制陶瓷器而自豪。他显摆自己过着小鸟般自给自足的自然生活。

他也知道，没有父母、没有妻室、没有子女，是一种孤独的生活。但"本人能随心所欲天马行空，就是因为没有任何能束缚本人的东西。如果有了父母姊妹妻子儿女，那就免不了要过妥协的生活"。

## 一个以人为本、人格至上的人

鲁山人有一个很有意思的观点，那就是艺术家在创作艺术之前，得先学会做人，得提高自己的人格修养。不论是书法还是陶艺，甚至料理，鲁山人强调的都是作者的人格。他认为人格决定艺术，决定艺术格调的高低。

他对书法作品的评价也是从作者人格出发。他对陶艺家的要求同样也是人格第一。他的理念就是做任何事，"先要学会做人，然后才是做事。我们每个人都应该知道，学会做人就是打好创作的基础"。

鲁山人一生，从书法起家，及至篆刻、招牌、古董、美食、陶艺，甚至涉猎漆器、绘画等领域。令人惊讶的是，他只要涉猎，便能成为那个领域的翘首，就能在那个领域创造出属于自己的艺术。

鲁山人就是这么一个无所不为、为则至极之人。而且他自认为自己是一个人格高洁之人，一个艺术至上之人，一个唯美之人。后人把他推崇为食神、艺神、陶神、书神……总而言之，鲁山人就是一个孤傲的神人，一个日本近代艺术史上的奇迹。

因此，他有资格藐视天下，有资格评论天下艺术。总而言之，他有足够的资格向世人宣称："天上天下，唯我独尊。"

是为序。

2020.4.25

何晓毅于山口市平井村

参考资料

北大路鲁山人著，平野雅章编《鲁山人著作集》第一、二、三卷，五月书房，1980

平野雅章《鲁山人陶说》，中公文库，1992

吉田耕三《北大路鲁山人的人生行路》、朝日新闻社主办"美食待客的艺术——北大路鲁山人展"，1996

# 目　录

## 第一卷　真正好的东西，近于天真

第二卷　在艺术上只有热烈的爱决定一切

第三卷　我的人生是一天到晚只吃美味的食物

# 第一卷

## 真正好的东西，近于天真

人要是有问题，就不可能做出精湛的作品。
所以，在创作之前，一定要从学做人开始。

艺美革新

第一卷·
01

今后，我们希望的工艺制陶界，首先是要尽最大的可能以相应的高级素养为基础，孕育自由思想，努力培养出真正的自由人和思想家，使其作为制陶人，能不受束缚地在制陶一事上自由地展翅飞翔。美好的时代已经到来。我认为这个时候，急需在这个行业掀起一场革新运动。

我国现在比较好的陶瓷器，一般都是什么状况？我虽然是一个 10 年没敢吭声，一直在行业外面细心关注的人，但到现在不得不说这个行道的光景到底是什么样的时候，却像重新发现它一样不禁感到遗憾。因为我不得不报告的都是令人悲叹的现实。今天，在我批判现代陶器价值之时，虽然本来也觉得自己有责任介绍显而易见的毁灭实况，以引起各位的注意。但说实话，从前一阵子在上野举办的综合美术展的展品中就能看出，现在被称作制陶家的大部分人创作的作品，实在是令人不可思议，完全丧失了作品绝对应有的自由，简直已经到了虚脱的状态。不具有丝毫自由创作意志的作者所创作的没有个性的作品，完全与死物无异，观客自然不能从那些作品中感受到任何魅力。无聊制作家的美梦也归于黄粱，肤浅的功夫，只不过是令低级趣味的人的目光在好与不好之间犹豫、恍惚而已。结果只能是劳而无获，浪费时间。

创作者的立场应该是，在直面自己工作的时候，是彻头彻尾、决不妥协地自由。若被陈规陋习束缚，失去创作的自由，那绝不是创意创作。如果从过去的桎梏中一步都不能走出来，那当然不可能获得新知识。觉得"什么都不用学的自由"，其实是被误解的、荒唐无稽的，并不是真正的自由。不用说，只要你想当一个制陶家，那么就必须尽可能地提高自己的素养，只有从自由的创意创作中获得满足，才是作家的生命线。

自由的精灵不允许装模作样。因为装模作样总是伴随着虚妄和脆弱，因为勉强而为本来就是建立在谎言之上的。至于无知而为，则与当年军队的做法如出一辙，劳而无功。

人这一辈子，总会碰到走投无路、一筹莫展的时候，有人遇到的困难大，有人遇到的困难小，但是自我局限的人生，无疑也是一种陋习。若被错误的既成观念束缚则不可能前进。被束缚的生活，不能阻止前进的、自由的、不受拘束的生活，制陶家不领会这些不行。作家的"动脉硬化"作为一个明摆的事实，在他们的陶器作品上一览无余。总之，我希望今后出现丰饶的作品。丰饶的作品产生于丰饶的时代和丰饶的人心。强劲的作品，高品位的作品，只能出于超凡脱俗、坚韧不拔的人之手。缺乏调和之美的作品，说明制作家的素养有所欠缺。无知的努力是不知畏惧的行为。知晓美的世界而来的喜悦，是领悟天理，而领悟天理则是最为困难的事情之一。但是，能直率看清是非曲直的人格者，任何时候都是知晓天理的。每次以虔诚的态度观察古代美术时，我都会加深这个看法。

日本过去的美术品，远至桃山时代以前，随着年代的久远，极为质朴，富有魅力，无不给观客以心灵震撼。不管是什么，都美观大方。反过来看现在的美术品，无不小里小气，甚至显露出某种丑陋的嘴脸。我们日本的古代美术在号称先进文化的世界美术面前也完全拿得出手，不需要躲躲藏藏，可以大摇大摆地给人观赏。现今的作家，如果想在美的、强大的世界占有一席之地，无论如何都应该倾心关注桃山时代以前每一件古代美术作品的生命，然后，你肯定会惊讶于竟有那么多应该知道的东西。

话虽这么说，百尺竿头更进一步，无论如何，绝对不能松懈对大自然天然美的学习。天无假象，我们今天更应该如此感觉。

如果能把这点铭刻于心，就能等到美神降临的那一天。只有这样，才可以说有为美而生、为美而活的意义。

一定要摈弃世俗的观点、世俗的想法，保持孤独的创作心态。除了挣脱卑怯的世俗束缚以外没有其他方法。那些借用振兴贸易之名，制造品质粗劣的假货，或者制造出口海外的莫名其妙、近乎怪物的劣质品，而且还仅是为了自己那点可怜的蝇头小利的行为，令日本人的见识堕落到了不可救药的地步，真是令人惋惜。日本陶瓷业界精神无能，丢人现眼，真是不胜惭愧。而把如此丑陋的劣质品带到海外去的人，更是卑劣。自古以来，日本有典雅、稚拙、精美等日本固有的美，不像朝鲜那样，仅是知性和脆弱的美。陶艺家们陷入今日卑屈的境地，一点儿都看不出我们大和民族祖先出色的光彩。历史的现实就在我们生命中闪耀，只要你还是日本人，就不能不知道这些。日本人应该自己熟知并感铭过去创造的美术制品，应该把这种日本的美向海外推广和展示。只有这样，日本今后的工艺美术才能提高自己的水平，才能没有任何不能见人之处，以堂堂正正的姿态大步跨进世界大道，获得"美丽日本"的荣誉。再者，为向其他国家推广日本之美做贡献，也绝不是一件小事情。不用说，这也能为重建我们日本发挥非凡的作用。

至此重要关头，现在的陶艺家们的责任，应该先明确如何思考问题，发现问题所在，趁此机会，一定要从根本上纠正陋习。

适合重新站立起来的时刻已经来临。我敢断言，奋然睁开双眼挺身而立的机会就在眼前。大家觉得现在是一个绝好的发展机会，我相信你们没错。许多作家精神焕然一新，心境发生变化，萌生出作为一个陶艺家的人生意义。你一定会发现所有的想法都会有一大变化，所有的风格都会发生大变革。作家一定能感受到生活的伟大，无上的喜悦肯定能令作家激动不已。

如上所述，仅仅对制陶革新这一个问题，试着弯一下手指，就发现这么多问题，一个接一个的课题摆在了我们的面前。大家应该明白我们必须踊跃奋起，必须努力奋斗！

1948 年，在"鲁山人工艺处"成立大会上的讲话

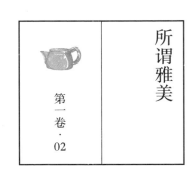

所谓雅美

第一卷·02

动物不可能像"人"一样懂得"美"的世界。

意识到美，有意识吸收美的"人"的生活，是上天的恩赐，并非谁有意为之。但是，同样作为"人"，也有那种只能过着极端没有美的生活的人。那是因为上天恩赐太少。

在逐渐看多了远在 500 年前、1000 年前、1500 年前的古代艺术后，也不知从何时开始，我得出的结论是，日本的艺术富含超凡性，日本人的国民性、人品以及心灵活动也是非常优秀的。大概正因此，总感到日本的任何东西都深有其味，格调也高，而其背后的光彩也尤为强烈。不论绘画还是一般的工艺，任何方面都是如此。

有些艺术总是含有某种理性，缺乏能完成超常识的、大胆的，或者超出想象的天资。

"雅"——丝毫没有艺术上不可或缺的雅致，或者说风情、风味。

朝鲜还能看到几分"雅"的种子，但可惜的是没有把那些种子培育长大、长高的器量，所以最后只能以俗雅、俗美而告终。

雅的要素不是理论所能做出来的，也不是理性所能创造的。雅的要素是一种基于国风和人格而产生的不可思议的味道。总的来说，日本民族中了地球上的大奖，是上天赐给的褒奖。

你去山城①和大和②看看，普通人都知道单瓣山樱比奢华的复瓣晚樱更有风情，也更有品位。就像能看出清水的纯美之处一样。

知道日常生活中什么是雅，什么是美，欣赏那些雅和美并用以生活的人，即使生活困苦，也有富裕的心态。他们精神上的余裕，与虽然有钱但心态困穷的人相比，应该幸福几倍。说好听一点就是精神上的富有。

尽情观赏白雪、明月、鲜花等自然之美，并不需要花费金钱。只要有欣赏自然之美的心态，那些美就等于是自己的。

———————————

① 山城：旧藩国名，今京都府南部。
② 大和：旧藩国名，今奈良县。

雅美不是购买价值几万的茶碗，也不是建造价值几十万的殿堂。甚至可以说，那些事情常常都与产生不纯动机的俗事多有瓜葛。

居陋巷而不改其乐也可。"浴乎沂，风乎舞雩，咏而归"①也很风流。中国古代士人也有很多值得礼赞的地方。

我不得不说，如果曲解雅美，把雅美理解为奢侈，理解为慢条斯理，那也就太轻率了。

1938 年

---

① 语出《论语·先进篇》。

料理与食器

第一卷·03

:: 使用中国料理食器的日本料理

　　日本料理使用的比较好的陶瓷食器，大部分都是中国产的。就拿我们特别的怀石料理所珍重的那些食器来说吧，青花瓷、青瓷、吴须彩绘、金襕手①等，无不都是作为中国食器出现的。三四百年以来，能把这些中国的陶瓷器和日本料理完美搭配，倒也算是一种了不起的才能。由此也能看出当时人们的鉴赏能力。而所谓的古舶来品，至今还被当作食器的最高权威，受到珍重。

――――――――――

　　① 金襕手：日本对五彩加金和青花红地描金等制作精美的瓷器的称呼。借鉴和模仿景德镇五彩瓷以及漳州彩绘瓷制作工艺，融入日本浮世绘等艺术风格，盛极一时，为17~18世纪风靡欧洲的日本外销陶瓷。

但是在中国本土，古老精良的陶瓷器基本被扫得一干二净。造成原产地这种空虚的原因，是几百年前日本人把上等的都收走了，后来又被欧美人搜刮了一遍。如此，我们日本至今还使用着中国的精品，而且其用途发达到不可动摇的地步，对此连我这样的人都深感佩服。

:: **好的料理应有好的食器，好的食器需要好的料理**

由此就出现了给好的料理选择好的食器的需要。比如说，我现在做了一种上好的料理，但是如果盛装料理的食器是粗俗不堪的碗碟，那怎么可能衬托出料理的价值？相反，我们假设有一件有名的小深碟，但要是给它盛上无形无色的很难吃的料理，那这件名器的价值也就扫地了。也就是说，只有料理的美和食器的美两立了，才会有最高级的美食。

能充分感受食物美味的人，请一定要培养食器的鉴赏能力，只有这样，你才能称作是一个完美无缺的美食家。

充分被鉴别的食器加上深入人心的真实的料理，有一股认真的味道。认真的料理有一种艺术的生命。如此才能和具有艺术性的食器一起获得调和之美。

一盘好的料理，需要色彩鲜艳、刀工精炼、精心装盘，和精美的食器相映成趣，没有各方面的审美意识是不行的。

另外，还需要对品尝美味的地方，也就是对建筑也要有审美能力。还应该有审美林泉幽趣，或者审美山水秘境的能力。

只要具有上述某一个方面的审美能力，那肯定就能鉴赏及审视其他方面。

包含上述审美能力，综合而立的是茶道。所以说，茶道是美食的终极形式，是美食的完成形式。

1930 年

关于我的陶器
制作

第一卷·04

有一位身份高贵的人就我的陶瓷器制作问了我几个问题。以下就是我的回答。

他问："你觉得釉料研究难吗？"

我回答："那确实是一件很难的事情，但我最重视的还是作品完成度……"

说到这儿，贵人又问作品完成度的意思，我回答说："就是练泥拉坯，也就是说，从艺术的角度观赏用泥土做成的那些形状的美丑。作为陶瓷器，首要的条件就是泥土做成的形状必须要有充分的艺术价值。无论你涂抹多么美丽的釉料，描绘多么美妙的图案，但如果在泥土活上下的功夫不够，那也就只能是一件无聊的作品。相反的，如果泥土成型具有充分的艺术价值，那么即使不施釉料，即使形状不太端正，即使没有烧出期待的色泽，但因为本来泥土活的完成度高，所以那也会是一件具有璀璨价值的作品。"

然后，我还进一步做了解释，内容摘记如下：

自古以来，凡是有名的陶瓷器，不但泥土活好，成型精良，具有充分的艺术成分，而且有优秀的绘师绘画精致的图案，再加上美妙的釉料，恰当施釉，适当漏胎，或者雕镶成型。具体比如青瓷。宋代出现的青瓷砧[①]，或者"雨过天青"等精湛的天青釉中脍炙人口的青瓷，其坯胎的完成度高，因而颜色好。但发色优美并非作品的全部。假设以现在的陶艺家的才能，做出宋代青瓷的釉料应该没有任何问题吧。但是，也只能是做出发色优美的器物，而宋代青瓷的那种令人油然生畏的尊贵气质是不可能有的。不论万历五彩瓷，还是古代青花瓷，甚至是朝鲜瓷器，之所以光彩夺目，其最根本的价值还在于泥土活，即坯

---

① 青瓷砧：亦名"砧青瓷"，日本特指南宋龙泉窑产青瓷中的粉青釉高级品。据传，因当时的名品形似"砧"，被称作"砧手"而得名。

胎的完成度。不争的事实是，古唐津 ① 也好，仁清 ②、乾山 ③、木米 ④、柿右卫门 ⑤ 也罢，无一例外都是泥土活本来就具有艺术性，所以才有名。

就像学者总是想收集典籍一样，我在制作陶瓷时，必然的欲望就是尽量搜罗自古传下来的古董陶瓷名品，尽量多看古老的作品。

釉料研究确实很重要，绝不是一件等闲之事。但我觉得，泥土活的完成度还是最为重要。所以说，要想制作好的陶瓷器，并不一定要挖空心思搞什么特别的样式，也不用追求什么新颖，色彩上也不是说非得这样做那样做不可。漫无目的只是追求奇形怪

---

① 古唐津：唐津烧是发祥于日本唐津市一带的陶瓷器的总称。特别是 1596~1624 年朝鲜半岛渡来的工匠制作的作品深受茶道等珍重，称古唐津。

② 仁清：野野村仁清（生卒年不详），世人多称清右卫门。江户初期京都陶瓷器（京烧）集大成者，是最早给自己的作品刻印自己名字的陶工。其所烧制的陶瓷器被称作仁清烧，又名御室烧。公认他完成了京烧中的彩绘陶器。

③ 乾山：尾形乾山（1663—1743），江户时期著名陶工、彩绘师。尾形乾山的陶器作品以彩绘见长。

④ 木米：青木木米（1767—1833），江户时期著名绘师、京都陶瓷器著名陶瓷匠。木米倾情中国古代陶瓷器，其作品风格多样。

⑤ 柿右卫门：酒井田柿右卫门（1596—1666），江户时期肥前国（现佐贺县）有田地区的陶艺家。后子孙代代继承此名，现柿右卫门为第 15 代。酒井田柿右卫门确立的赤绘技法，被称作柿右卫门样式，出口欧洲后对梅森瓷器等产生很大影响。

状更是不可取。本来现代的陶瓷艺术仅仅就是通过理性的小聪明创造出来的，例如陶瓷器的样式、釉料的色调、陶瓷器表面的绘画等。虽然名义上是陶艺，但实际上并没有什么艺术性，仅仅是一种以表现美为标准的智慧竞赛。你看帝展[①]展出的那些作品，不论是绘画作品，还是工艺作品，都是在比拼理性的图案创意，比拼理性的色调配合。他们仅靠作者的理性比拼，每年冠冕堂皇地调换图案、模样和色调。帝展和其他展览也就只有这点能耐。但因为鉴赏家与作家同样也是依靠智慧，理性地鉴赏作品，所以现代美术在短期内还能得到一定支持。但事实上，艺术终归不是一个理性的问题，而是一个感性的问题、激情的问题。所以，不言自明的道理是，流芳百世的作品仅依赖理性是创作不出来的。

暂且先不说当今的现状，我们先来看一下以前是怎么样的。以前的作品，不论怎么看，都比现在的纯真，少有杂念，其作家也是。很多事实告诉我们，越往前看，纯真无邪的作家越多。只有以淳朴的真心制作的作品，才能流芳百世，才能打动后人的心。

即使仅看古人所具有的智慧（理性），我们虽然也会佩服，但我们更被古人的真心和激情所感动。我就是这么认为的。所以

---

① 帝展：帝国美术院展览会之缩写，是当年帝国美术院主办的全日本艺术展览会，始于 1919 年。现改称日展（日本美术展览会）。

我观察古人如何做事，依此期望读懂古人的心。只要能看懂一点古人的心，我就很高兴。这么说是因为，我希望自己能像古人一样，用真心来工作。每当以此创作出发自内心的作品时，我自己便会情不自禁地拍腿自赞。我觉得古人大概也就是如此做事的。

随着对古人理解的深入，我越来越觉得如今的作家们那些故弄玄虚的创作，那些刻意追求怪异的设计和颜色的创作态度是浪费才能。

我觉得创作不应该是智慧先行，而应该是真心先行。创作是一种真心的表露，智慧只需要作为辅佐真心的助手跟随其后即可。拿来的智慧没有什么意思。同样是智慧，如果不是自然发自自己天分的智慧，是不可能创造出具有权威的作品的。如果没有与生俱来的智慧，那么只要用与生俱来的真心进行创作就没有问题。正义无敌，就算不拜神，神也会保佑你。有诚实的头脑，灵感便会降临。智慧之上还有智慧，一味追求智慧是没有智慧的表现。而真心只有一个，没有两个。真正即纯粹。所以要以纯粹之心，热心做事。唯有如此才能无敌。所以制作陶瓷器并不需要与别人不同，也不需要挖空心思要与古人不同。何况古人做的基本上已经是极致了，刻意追求新奇的人是没有看到古人的极致而已。无知者无畏，只会鲁莽，皆因于古无知使然也。

就拿书法来说，颜真卿写的"日本"、欧阳询写的"日本"，抑或是现今的人写的"日本"，仅从形状上来看并无大别，大致相似，仅有少部分差异。而这仅有的一点差异带来的天壤之别，才是我们后人最应该关注的地方。轻易改变字形，并不一定就能成为好字，也不能成为好书法的要素。

陶瓷器也一样，比如乐烧①的乐茶碗，自打长次郎以来，经几代人的努力，虽然每个人都名声在外，但长次郎和道入②的作品却更为出色，其作品具有非凡的艺术生命。就拿缺少变化的乐烧茶碗或漆黑的茶枣③来说，有的就具有璀璨的艺术性，有的却一文不值，不值一提，其高低聪愚之差，令人惊愕。

到底为何不如此想就不行呢？如此想的原因是，我发现形状即使相同，图案即使相似，可是内涵却完全不同。我仅仅就是发现了这点，除此之外完全没有别的。分析这种内涵时，我发现内涵既存在先天优越的，也存在后天精湛的。这两种存在及其表现程度所带来的结果，显示出各方面的高低之差。

---

① 乐烧：天正年间（1573—1592），京都的陶瓦匠人长次郎在当时最著名的茶人千利休的指导下烧制的一种陶器。其特点是不用制陶常用的陶轮，而是手捏成形，低温烧制。乐烧分为赤乐、黑乐、白乐，后代传承至今。

② 道入为乐烧二世传人乐常庆长子，以烧制黑釉茶碗著名。有传长次郎之父阿米也为中国福建渡来的陶工。

③ 茶枣：一种日式茶罐，多为木质漆器。因形状似枣而名。

因此，我制作陶瓷器的时候，重点放在作品的完成度上，也就是希望能把制作的重点放到自己的内涵上，希望能把自己的内心表现在作品上。可以说，图案和釉色只不过是装饰作品的一种辅助手段，是第一层次的研究。当然毋庸赘言的是，这仅仅是我自己的一个制作观点而已。

那位高贵之人听懂与否本来与我无关，但上述问答，对我本人来说，也是一种荣幸。

1931 年

関于陶瓷器鉴赏

第一卷 · 05

说一个大正八九年前后的旧话。

我当时直接问的入泽①医学博士。事情大致是这样的：入泽博士有次偶然与大河内正敏②理学博士同乘东海道往西下行的火车，他觉得这是个好机会，就问大河内博士"能否麻烦您在咱们同乘的这一两个小时里，简单讲讲如何鉴赏陶瓷器，让我这个外行也能懂"。他问的是自己一直想知道的事，可是没想到大河内

① 入泽：入泽达吉（1865—1938），医学博士、内科医生。东京帝国大学（现东京大学）教授，曾任东大附属医院院长、医学部部长、宫内省侍医等职务。为日本确立内科做出贡献。

② 大河内正敏（1878—1952）：物理学家、实业家，袭子爵位。曾为东京大学教授，后从政，为贵族院子爵议员、内阁顾问，负责研制核武器等。二战后被判为A级战犯。

博士却回答说："这不容易吧？详细说起码得一年两年，再怎么简单说，一两个小时也是说不清的。"

火车上的一两个小时是不够的……

那时候，我对陶瓷器美术品知识还一点儿都没有，觉得陶瓷器的事情果真那么难懂吗？但是现在的我，对于那个问题，我觉得大概能按入泽博士的希望在一两个小时内说个大概。

我觉得当时入泽博士想问的事情与大河内博士想说的内容之间有很大的距离。入泽博士想问的大概是，一个没有任何陶瓷知识的人，如何才能简单地掌握鉴赏名器的诀窍，对此，大河内博士因为对陶瓷器有着渊博的知识，他想从陶瓷器的A、B、C开始说起，然后再进入对各年代、各作者的研究，然后才能进行鉴赏等。

那么渊博的知识，像百科辞典一样，要在那么短的时间内说当然是不行的，一两年讲不完也是当然的。而在大河内博士看来，一个不知天高地厚的傻帽外行，这么冒失地，竟想利用这么短的时间问我陶瓷器的事情……也许还有点故弄玄虚的意思吧。

我刚才说了，要是现在的我，一两个小时大概就能说清楚。我不用这位大河内博士那种鉴赏名陶瓷器的方法，而是一开始就把庆长时期的作品作为节点划分，以庆长以前的为有价值的，以庆长以后的为没有价值的，重点在于区别到底是有鉴赏价值的艺术品还是没有鉴赏价值的日常生活用品，让对方先大致明白陶瓷器分艺术鉴赏品和日常生活用品，然后再尝试讲有关陶瓷器艺术性的事情。

如果想用全局的眼光看待陶瓷器，那么就必须详细探究该陶瓷器制作的地方、陶土的性质、烧制、窑、釉、图案的样式、制作人，以及创作的年代等。但是如果仅仅是把陶瓷器当作用陶土做成的工艺美术品来看，我们只是关心它具有的艺术价值、美术价值，以看一幅名画或一幅名帖那样的心态去鉴赏的话，那就很简单，谁都可以理解并说明。比如我们鉴赏一幅画或一幅帖时，如果我们对该字画所用的颜料或水墨的性质、所使用的纸张或丝绢等材料，以及画法或写法等感兴趣，被这些细节打搅，影响了最重要的对该字画的艺术生命的鉴赏，那么，即使最后也能看出该作品的艺术价值，但却要花费许多时间。

若要问鉴赏陶瓷器的美术价值、艺术价值的捷径到底在哪儿，那就应该先把制作年代的中心定在庆长年代。

关于陶瓷器，应该知道有庆长以前思想上超凡脱俗的艺术陶瓷器和庆长以后艺术价值寒碜的陶瓷器这两种。

作为面向大众的日常生活用品，德川中期以后出现的陶瓷器，往往只不过是充满低级趣味的批量生产品，是面向大众的日常生活用品。而上面说过的那些富有艺术价值、令世人刮目相看的作品基本上都是庆长以前的作品，数量很少，但能触动具有高度审美意识人士的心灵，这些作品很多都是能显示出高度思想个性的作品。明确区别这两者非常重要。

事实上，如果你接触到一件好的陶瓷器，就会被它的美所感动，然后才是其他。就像看到名山大川，看到苍松翠柏，看到青竹红梅那样，而那件陶瓷器到底是用什么陶土做的，到底是用什么手法做的等想法，是不会第一时间浮现到脑海里来的。这与看一幅感人的画或者有名的建筑没有任何区别。

因此，虽然似乎只是感受陶瓷器的美，但也是如上面所说的那样，这也是对生命力的感受。为此，你就得先提高自己的素养，培养自己的美术鉴赏能力。

那么，要怎么做才能提高自己的美术鉴赏能力呢？那就是，除了从眼前的自然美和高尚的人工美上学习以外别无他法。自然美总在眼前，只要不懈观察，就能自由学习探究，非常方便；而人工美却需要眼力和财力两者兼具才能做到，不太自由。

综上所述，所有的艺术追根溯源，都是来源于自然。说到底，人工做的任何艺术作品，无论如何都比不上天地间的自然美。这其中的陶瓷器，因为日常使用、珍爱、赏玩或者无意识地产生好感，成为鉴赏的对象，人们拿到手上观赏、抚摸、赞赏釉的变化，从而感到喜悦。而自然美，总是存在于任何地方，你可以随时观赏，但是恰好就如人几乎不会感受到空气和阳光的可贵一样，一般人也都不太关注自然之美。

就拿树叶的颜色或者牡丹花的形状来说，那真是了不起的自然造化。但因为它们不是人工所致，而是自然生长的，所以没有像名画那样刺激人的感官并且受人珍重。自然的东西任何时候都能自由并且免费观赏，人们习以为常，所以对自然的美就不可能产生像看到名画、名陶瓷器那样的感动。但是，就像那些有好条件感受自然美的大美术家一样，鉴赏能力高，相信自己直感的练达之士，无不仔细观察这些大自然，或者绘成图画，或者表现到陶瓷器上，最后都取得了成功。虽然人工美无论如何比不上自然美，但作为我们同类的人做的东西，因为日常使用，本就容易产生亲近之情，再加上说起来有点难为情的是，还有商品价值这个魅力存在，所以好的绘画和美的陶瓷器总是受到珍重，而大自然本身的美反倒被我们忽视。比如秋日七草之一的黄背草等，在大自然中也算是格调很高的美，但事实是，现在一般人很少这么认为。

所以说，要提高自己的美术鉴赏能力，应该先接近自然，观察自然，投身自然之美，涵养鉴赏欲望之源，养成不被扭曲的直观力，或者一边自己制作，一边逐步开始鉴赏庆长以前的美术作品，这才应该是最为理想的方法。但是，要做到这一点，没有相当的热情也是不行的。

　　另外，在养成美术鉴赏能力这件事上，有一个必须思考的问题是，美这种东西，越是高尚越是难懂。万事都是如此，要理解这些高尚的东西，只能期待要么是有天生的能力，要么是不懈的努力，或者是经过凡人所不能想象的严格训练。

　　以上，简单地介绍了一下鉴赏陶瓷器的方法。总之，要区别陶瓷器的使用价值和艺术价值。一种仅仅只是日常使用的器皿，另一种像名画那样有着惊人的艺术价值，是精神食粮，是鉴赏、赏玩的对象。我们需要做好分辨这两种陶瓷器的思想准备。

　　下面应主持者的要求，就我自己开始制作陶瓷器的动机，简单介绍一下过去的事情。本来料理和食器是不可分的，食器作为料理的衣服，是绝对不可或缺的。而越是好的料理，越需要好的食器，比如古青花瓷、古彩瓷、唐津烧、备前烧等正宗陶瓷器，而日常使用的那些陶瓷器是完全不配的。我主持美食俱乐部的那阵子，专门订制了自己用的食器，但是没有自己满意的。想想也是当然，制作陶瓷器的工匠完全不懂美食是怎么回事，而一般做料理的人，实际上大部分也不太懂食器，这两者完全乖离。所以，为了给自己喜欢的料理配合适的食器，我知道除了自己动手制作以外没有其他方法，所以只好自己开始制作陶瓷器。一开始我只是在别人做的坯体上画图案，而这其中关键的坯体却是不上心的陶匠做的，所以总觉得坯体和图案不太般配。没办法，我最后只好自己动手做，转陶轮、拉坯成型、画装饰图案、施釉等，全部自己做。

一般来说，制陶瓷器的人要么是出生在世代制陶瓷器的人家，要么是工艺学校出身，他们制作表现当下流行的各种陶瓷器，而我是为了自己的美食，没有办法才制作陶瓷器的。大概也正因此，我至今也没有想法去制作食器以外的陶瓷器。如果是做市面上用于贩卖的陶瓷器，那么摆在客厅的香炉等上好的陶瓷器，不仅价格高，也好卖，但是我对这些一点儿兴趣都没有。我只喜欢食器，只对制作食器感兴趣。所以如果使用我的作品装盘，我相信只要你会摆盘，就一定能给你的食物增光。

为了制陶瓷器，当初的计划就是去两次朝鲜，然后历游国内以濑户、唐津为首的各地古窑，发掘各种古陶。结果偶然发现了志野烧、织部烧等古窑，因此成功发掘了许多古窑，获得了许多参考品，这对我的作品产生了很大的影响。至今，那些陶瓷片都作为珍贵的研究材料，给我制陶带来极大的帮助。

就这样，这20多年以来，正如习字需要字帖一样，我收集了古今、东西许多参考品。我以这些参考品为模本不断模仿、制作，可谓小心翼翼、专心致志努力做到一模一样。就这样，总算学会了正宗的真髓。如今，通过这20多年的学习，愚笨如我，也有了自己的体会，感觉到终于可以根据自己的感受，发挥自己的个性，慢慢做出属于自己的陶瓷器来了。最后，到了终于可以加上自己的变化的地步了。

但是，因为我没有挂招牌，在世人看来无论我怎么做，都是外行，不被承认。虽然从少年时代就开始喜欢美食，但我在那个行道仍然被看作一个外行，不被承认。有客人来，需要招待客人的时候，如果是专门的料理人来服务，当料理人做那些低级的料理时，女佣会特别认真地看——想偷学，而当我做料理时，她们基本不关心，觉得那不过就是一个外行主人做的料理。

其实这也挺有意思的。我可能就要这样，一辈子都被人当作外行走完自己的人生。无业外行不容易啊！

1949 年

致立志成为陶艺家的人

第一卷·06

虽然受邀来做关于陶器的演讲，但我很为难，因为不知道到底说什么好。

贵校到底希望我讲些什么，有什么期待？日本和美国的风俗习惯完全不同，到底应该讲些什么，我实在是不知如何是好。

特别是我做的陶瓷器，都是按我自己独特的方法做的。我的做法、我的作品都是独特的，没有先例的，连怎么传给日本年轻人我都不知道，何况国情不同的美国呢？我很担心大家不能理解我说的话。

这么说是因为我制陶瓷器基本上不用机械，我把陶艺当作一种自我心中的艺术，我只相信自己心里的美感，一直把以艺术眼光观察的自然之美当作创作灵感之母，当作我的师匠，师法自然，制作艺术价值至上的陶瓷器。

机器做的事情就是机械性的事情，我认为想让机械创造艺术几乎是痴人说梦。

总之，我觉得不论制陶，还是其他艺术，如果不能打动人心，不能令人感动，那就没有价值。

以绘画和雕刻为例，占据高位的著名作品，无一例外都能打动人心，都能促进人心改革。陶器也是如此，放眼看看全世界，五六百年以前烧制的古典作品，都具有不朽的艺术生命。日本也是这样，但此后烧制的作品，除了两三个作家的作品，比如各位都知道的乾山、光悦或者长次郎做的茶碗，仁清、木米的作品以外，基本上都看不到真正的艺术品。

亚洲一些国家过去300年以来，亚洲一些国家，就算有低级的聊以慰藉的作品，但能打动人心，能令人感动的作品也是凤毛麟角，或者说完全没有也不为过。

欧美各国大概也差不多。这大概是重机械所致，这和仅以优雅的心灵之美作为创作源泉的作品有着明显的区别。

现在，各国用流行的方法制作日常用品当然也不应该否定。这一类日常用品那样发展就很好，没有问题。问题是，如果你想把作品做给有高级趣味的人看，如果你想以不把全身心投入高度纯真的艺术中就不罢休的作家精神创作作品，那么不放弃对机械的依赖绝对不行。说得极端一些，所谓机械文明与我们所追求的艺术之心毫无关系。这样说一点儿也不过分。

总之，我所认为的艺术，全部都是真心之作，只追求理智和理性是一事无成的。

如今日本制作的陶瓷器，不管制作得如何精致，都是低级的日常使用食器，都不过是厨房用的器皿而已，都是为了大量销售而批量制作的。他们心中只有生意经。

最近在美国各地举办的日本古代美术展据说很受好评，这是当然的。美的东西什么人看都是美的，只要没有偏见的眼光和怪异的爱好，看到美的东西觉得美必定是理所当然的。当然，从未见过突然看到也会有看不出来美的可能。在这点上，陶器也是一样的。认真观察，不懈地比较、研究被高价买卖的那些有名的、高级的、具有古代美术价值的陶瓷器，自然就能看懂其美之所在。

听说美国大致是从300年前日本美术衰亡时开始发展起来的，所以视野、身心、想法都是新的，其陶瓷艺术也像春天的草木一样日新月异地发展。从美术史来看，相比日本，美国也许还是一个发展中国家，但100年后的美国美术文化一定会获得惊人的发展，一定会出现值得惊叹的伟大作品。

日本古代美术展的展品虽然大都是土气的、颜色比较灰暗的作品，极少有红的蓝的，适合喜欢奢华、鉴赏能力低的人看的，但还是有不少美国人能理解这点。这都是美国人率真的直感使然，我作为一个日本人不胜欣慰。

拿绘画来说，听说雪舟只用墨水画的几幅水墨画，美国人都能欣赏，而日本人都很惊诧。日本人也只有少数具有相当审美眼光的人才会欣赏水墨画，而美国人一下就看懂了，由此我们知道，浮世绘征服了美国人。作为日本人，我确实打心里高兴。

从这些现象就能看出，正确理解艺术性陶瓷器也不是不可能的。如果尽可能多的人理解远离机械文明，发自人间内心制作，并借助火力这种自然之力做出的精美陶瓷器，也就能发现生活在真正和平社会中的人的幸福。

但是，这些作品都是人创作的，也是供人欣赏的，所以如果不先提高人的审美水平，就不可能创作出这样的作品。

日本如今也还是缺乏这样的人，有鉴赏价值的陶瓷艺术也没有人来做。特别是在充满苦难和悲剧的战争年代，所有人都被蹂躏了，所有的事情都错上加错。当时与陶瓷器制作有关的人，基本上都是水平比较低的人，所以，不要奢望那个时期能出现流芳百世的作品。

而美国却像没有任何颜色的一张白纸，反而令人充满期待。

不管怎么说，想制陶制瓷，你得先提高自己的审美素养，你得先是一个有极高审美能力的人。只要你做关乎美术的事情，就必须要有极高的鉴赏能力。当今的日本满眼望去都是一些根本不合格的、没水平的人，实在丢人现眼。

此外，想当陶艺家的人，一定要用敏锐的、全球化的眼光鉴赏古代美术、鉴赏世界各国的近代美术。现在稀里糊涂的人很多，所以这一点我要特别强调一下。

如果你是个陶瓷器艺术家，但仅仅只关心陶瓷器艺术，不关心其他艺术的话，你就只能是一个工匠。

我认为如果做不到不断地追求美、热爱美、掌握美、与美接吻，那么作为一个美术家，你的生命就走到尽头了。在艺术上，只有热烈的爱决定一切。

我还想说的一点是，陶艺家都是用绘画表现陶瓷器艺术，因此，我们只要看他的画，就能知道他是一个什么水平的陶艺家。

就像我现在说的，所有的陶瓷器艺术家在制陶之前，都应该先学会绘画，我坚信在这件事上取得相当成功后，再开始动手用泥土制作器物一点儿也不晚。

另外，模仿古代遗传下来的陶瓷器名品也是很有必要的。在模仿的过程中应该专心致志，即使被人看作是一个狂人也在所不惜。我坚信只要不断这样修炼，你的个性就会发挥作用，自然就会创造出属于你的、独特的艺术来。

只有如此，你才能产生坚定的信念。柔弱无力消失殆尽，坚强刚劲由此而生。软弱无力的艺术谁看都没意思。而只有信念坚定的人才能创作出强有力的作品。刚强有力，而且气势宏大，这才是我所期盼的。

现在，随便哪儿都有表面设计华丽的流行作品，对这些流行应该熟视无睹，要一心不乱只追求内在美。

就像装假香水的瓶子，即使瓶子的设计和商标令人惊叹，但里面装的香水如果名不副实，那就没有任何意义。和香水靠内容物决定一切一样，内容是艺术的生命。没有内涵的陶瓷器，比如说某某人的作品，就不能令人打心眼里赞赏。不仅这一个人，现如今日本全部的陶瓷器都应该受到如此谴责。

中国和朝鲜的精美的陶瓷器作品都是四五百年以前的。我觉得，现在其他国家的新作也不值一提。

现在做出的陶瓷器，因为与我们和时代同步，所以我们容易理解，也很容易便能发现作品的长短好赖。好的作品我们欣赏，不好的作品我们嘲笑，好的作品也会暂时流行。但这与历史上流传下来的精品有着天壤之别。因为时代不同，对于以前的古物，不可能每个人都能欣赏，但如果有心之人对一两千年前我们的先人留下的古代美术熟视无睹、漠不关心，那是说不过去的。

不论多么伟大的艺术，其作者也和我们一样都是人，他们出生的时代只是比我们出生的时代稍微早了一些，仅仅是因为出生在两三千年前，所以创造出了伟大的作品。究其原因，他们与我们的意图不一样，这是今人无论如何都做不到的地方。

古代陶瓷器作家的生活贴近自然，他们对大自然之美了如指掌。意外的是，现在的人基本上都不关心大自然，或者说他们对自然之美的伟大之处无动于衷。

现在的日本画家等艺术家都不知道自然世界所具有的惊人之美。画山水画的人，只是按自己对构图的兴趣画，我看不到他们对自然之美的追求。他们只是模仿了传统的皮毛，与猿猴模仿人的行为无二。所以我不能不坦白地说，很遗憾，现在的日本没有真正意义上的山水画画家。

至于陶艺家，与画家相比，更是到处都是无知无能之辈。没有人谈论美，没有人追求美。在这种状况下，除了少数个人作家以外，大部分人的美术眼光都逐渐低下，自行堕落、玷污艺术、残杀陶艺，令美术界失去绚丽的色彩。

今后应该是革新的时代。如果不能不断地涌现革新家，那就没有希望。我们需要打破现状的人，需要有着坚韧意志的能人、强人，需要能全身心投入对美的追求、只要与美有关便热爱、不追到手便誓不罢休的人。

只要是创作，就需要人。没有人，一切都是白说。制作陶瓷器以前，先要学会做人。名品只能从名人手中产生。我们应该知道，不修身养性，就像在黑暗中做事一样，愚蠢至极。

乏味的人做的事情只会是乏味的，出色的人做的事情也只会是出色的。这是确定无疑的。

总而言之，先要学会做人，然后才是做事。我们每个人都应该知道，学会做人就是打好创作的基础。


1954 年，于纽约州立大学艾尔弗雷德州立学院的演讲

刳魂之美

第一卷·07

　　只看陶瓷器不会懂美。看懂了所有事物之美，通过那些美，也就能看懂陶瓷器之美。而只有真正痴迷该事物，才能真正理解该事该物之美。

　　对该事该物是否真能痴迷，才是问题之所在。即使一般的东西，只要自己痴迷其中，基本上也能读懂其特有的美。但大部分人都是被动的，基本都是受他人意见的影响。更有甚者，看不到美，只看到钱。也有人一半看美，一半看钱。

　　每个人的眼光也不同，每个人都可能只在自己能力的范围内理解。因此100个人中只要有1个人具有高级的审美能力，那么其他99个人的审美能力就浪费了。总之，社会上充斥着胡说八道的人。他自己即使不那么想，也要那么胡说八道来骗人。

看一个东西的美丑，是单从是否赏心悦目出发，还是把那个东西当作自己的交心挚友来看呢？如果作为交心挚友来看，不进行灵魂之间的交流是不行的。只有进行触动灵魂的交流，审美的态度才是真正的，才能进入极乐世界。最近，那些为了取悦观客、为了入选展览的绘画作品完全没有美感。当今的绘画就是如此，它们并不能触动或刺激人的心灵。

作品应该是无心之作，只有在无我的心境下制作的作品才能打动人心。但是人们很难进入无我的境地。这就需要修行。大部分人都是受虚荣心的驱动才做事，那怎么可能做出好东西呢？成为人们信仰对象的佛画，当初都没有落款。落款都是后来才开始的。

一旦署名落款了，佛画就失去了崇高的信仰，变成了人们的玩物。我如此口干舌燥说这么多，就是要逆社会上的潮流而行。美术界有挖掘一说。希望大家都能客观挖掘。搞挖掘的人很多都是只看值多少钱，很少看美丑。这样是不行的。

另外，在只收藏好东西的店铺里寻找好东西比较容易。在便宜货中还要砍价的人，秉性肮脏，不可能收集到好东西。

锅岛烧 ①、柿右卫门 具有工艺美术之美，但缺乏精神之美。

---

① 锅岛烧：江户时代锅岛藩窑（佐贺县）烧制的高档瓷器。其主要作为赠送将军和其他名家的高级礼品。

到那一带去看，九谷烧①还是有很多，大部分也都有艺术性。在忘我状态下做的东西有灵魂。古九谷和锅岛烧的区别相当于町人②和武士的区别。町人喜欢的东西有着意想不到的味道。

我希望有刳魂之美，仅此而已。

1947 年

---

::　　**明嘉靖年制彩绘碗**

明朝的嘉靖年间相当于日本的足利时代，在万历年的前面，是万历五彩瓷出现的前夜。

但是，要是觉得嘉靖年间制的所有彩绘瓷都像这件一样好的话，那也是不对的。这件彩瓷是嘉靖彩绘瓷中万里挑一的珍品。

万历五彩瓷似乎毫不顾忌地炫耀自己的协调圆熟，令人不由得想捃几句。而嘉靖年制的彩瓷还不至于到那个地步。不论什么东西，只要完成了，就失去了改良空间，也就没什么大意思了。

嘉靖年制的这个小碗在这个意义上（虽然彩绘庸俗），可以说有着一种意想不到的美感。

1934 年

## ::　高丽扁壶说

我们不考据扁壶在过去到底是做什么用的，因为考据这些对于鉴赏并没有多大影响。不仅是这件扁壶，我们赏玩某件陶瓷器时也是如此，因为首先它是一件成功的美术品，据此可以说，不是什么陶瓷器都能被赏玩。看一件没有美术价值的陶瓷器，还不如看一片烂瓦片。

我介绍这件扁壶，就是因为这件扁壶有着多方面的美术价值。特别是朝鲜的陶瓷器，与中国的陶瓷器不同，在制作技巧以及感性方面，与我们日本有很多共同的地方，所以更能令我们感到亲切自然。

我喜爱的这件扁壶，是自然之作，是随意之作，它似乎有收束又似乎没有收束，作家以自由的精神完成了作品。这就是这件扁壶的最大优点。

中国也有各式各样的扁壶，但大部分都是阴模印坯成型的，稍微过于中规中矩。规矩规整在实用意义上也许需要，但作为现代人赏玩的对象，就显得魄力不足，也缺乏艺术生命力。

我们可以用看画或者看雕塑的眼光来看这件扁壶。观赏陶瓷器，还不如说观赏画或者雕刻更贴切。这种陶瓷器就是高丽青瓷。一般所说的高丽青瓷都是所谓的高级品，制作非常精良，雕镶的技巧等，可谓"前无古人，后无来者"，确实做到了尽善尽美，举世无双。

高丽青瓷的胎泥经过多次淘洗，除去杂质，胎泥分子紧密，像白瓷胎泥一样，其土质极为细密。但是，这件扁壶要么是当时的等外品，要么是一件日常用品，详细情况不得而知，但与一般的高丽青瓷相比，说它是粗劣制品也没什么问题。它的制作显然非常轻松随意，例如表面的纹饰，也不知是花还是叶，雕刻的刀痕非常清晰，而且极为流畅，没有受到任何拘束，简直就像一个小孩儿高兴地光着脚乱跳一样，是一件天真烂漫的佳作。

如今，即使是朝鲜人，也不可能有这种自由精神。也许是时代使然，这件作品的风格非常刚健，没有任何卑微之处，富含日本人喜爱的幽雅气质。

再看其制作手工，纹饰上方，青瓷釉浓度变深的地方，分成上下两部分连接而成。要是中国制的话，同样是连接，大部分都是在上下中间处，而这件扁壶却是在三七分的上方处连接。在习惯于用陶轮制作的人看来，这一点也非常有意思。

纹饰是在坯体上敷一层厚厚的化妆土泥浆，在泥浆半干燥时雕刻图案，然后把图案以外的泥浆去掉，只剩下白色的化妆土图案。所以图案的白色比其他地方凸，显得更白。其他地方全部施高丽青瓷釉，最后在上部更青的部分，作者有心装饰一下，再施了一遍釉。所以同样的釉色，因为施了 2 次釉，釉层更厚，颜色也就更青一些。

有时，与此相似的高丽扁壶虽然也能看到，但像这个扁壶一样烧制纯朴，至今还能完整保存的确实还不多见。而且这种花纹几乎都装饰在壶的四面，所以不分正面背面。只是底部没有施釉。这是因为烧制工序使之无法施釉。

1932 年


::  古唐津烧釉水罐


我手头有这么一件奇特的陶器，所以刊登上照片。

但如果让我来说明，那我可能说不出来什么。也许古文书上会有相关记载，但我本来就是一个懒散、嫌麻烦的人，不太愿意查找文献，一直没有好好查找，所以到了解说这件陶器的时候就"抓瞎"了。

首先，因为我喜爱陶瓷器，所以经常观赏。至于古唐津烧是从 1000 年前开始的，还是从 800 年前开始的，纯粹是朝鲜人烧制的，还是日本人也有参与，什么时代的古唐津烧最好等的问题，我完全没有调查过，所以也没有发言权。

只是我觉得挺好的，觉得有意思的就会上心。虽然像个盲人，但我的"直感"逐渐发挥作用，看一眼大概也能看出一个所以然来。

会鉴赏、懂文献、精历史，这三个能力都有的人才是真正的鉴赏家。说到这里，我发现我只是一个仅能做某种鉴赏的人，态度首先就不端正。但是只要喜欢，就会下各种功夫。

既有像我这样只从艺术角度鉴赏的人，也有从科学的角度鉴赏的人。我知道的一位博士S，总是把茶罐切断看茶罐的"土"质。在我看来，陶瓷器是艺术作品，是工艺美术，我们应该鉴赏陶瓷器的艺术美，而把茶罐切断调查茶罐土质这样的事，与陶瓷器的鉴赏好像没有什么关系呀。可是在那个人看来，这是关乎科学的问题，只有那样做他才能感受到研究的乐趣。

还有一位陶瓷史学者O，他是一位比较有名的鉴赏家。至今还流传这个人的一个大丑闻。在他自己出版的彩色陶瓷集中，他把京烧的苏山作品当作古九谷烧介绍，后来发现是自己搞错了，只好悄悄下架。事实上是，几乎没有人能同时具备审美、学术和赏玩三种能力于一身。

其实，我也一直不太清楚这件古唐津烧，大家怎么看的呢？打眼一看，没错，这是一件古唐津烧。但从罐口制作的技巧来看，似乎也可以说它是德川时期的作品。不知道德川时期的文物中有没有类似的陶罐？我并不觉它年代久远，至少不是丰臣秀吉侵略朝鲜后抓来的朝鲜人做的。

总的来说，古唐津烧确实耐看，大家不是都很喜欢吗？古唐津烧的碗底圈足，没有一个圈底是不好的、乏味的。

如果以后有机会的话，我一定要好好介绍一下古唐津烧的绘图纹饰。那看似简单、粗糙、涂鸦般的图案，却有着比肩古今名画的风味。这件古唐津烧笔力苍劲有力，是芜村 ① 等人的功力所远远不能及的。

此外，斑唐津、朝鲜唐津等卵白釉的陶瓷器中也有很不错的。茶人们很聪明，把其中好的陶瓷器和石爆 ② 等都用于茶道。总之，一旦尝到了古唐津烧的妙味，就会喜欢得不行，就会爱不释手。到了这种地步，就想更上一层楼，进入落款和文献研究领域了。这很自然。话虽如此，对于只是感兴趣的人来说，鉴赏第一，文献第二。

这件古唐津烧少见的地方是，从图片上看，内侧全面施釉，外侧的纹饰只涂几条釉线，任其自然流淌。这种手法现在的人不太用，因其比较麻烦。而这件作品能如此吸引人，都是因为这是

---

① 芜村：与谢芜村（1716-1783），本姓谷口，后改姓。江户中期俳人、画家。其文人画有名。在俳句创作上与松尾芭蕉齐名。

② 石爆：胎泥中含有的不纯物（沙粒等）在陶器烧制时爆裂，陶器表面会出现爆裂纹样，多见于唐津烧等陶器。茶人将其作为陶器的一种特色把玩欣赏。

几百年前古人做的，其手法可以说是天真无邪。现在的人如果模仿这种手法，毫无疑问会令人生厌。

现在还有很多人认为斑唐津、朝鲜唐津是在朝鲜烧制的，但唐津岸岳古窑遗迹发掘已经证明，这些都是在日本烧制的。

古唐津烧还有皮鲸 [①] 和黑釉等手法，这留到以后再说。

这件古唐津烧外侧的釉料，与斑唐津和朝鲜唐津同样都是卵白釉。专家们称之为"蒿灰釉"，但也有人说古唐津烧的乳白色不是蒿灰所做，而是用唐津一带山里的一种叫凤尾草的植物做的。这种植物非常之多，可以说是无穷无尽，人们用它替代了蒿草。

这件水罐也有斑唐津的特色，罐口边沿呈青黑色，这应该是胎泥的铁分渗透出来的浸透色吧。

1932 年

## :: 初期鼠志野方形平盘

这件鼠志野上有图案，既然有图案就需要简单说明一下。这是因为图案的绘法是鼠志野的一个主要特色。

---

① 皮鲸：在陶器口沿刷的一圈黑釉，因似鲸鱼背鳍而名。为唐津烧特有装饰之一。

鼠志野陶器上的图案与一般陶器上的图案不一样，不是用笔墨绘上去的，而是在白色坯体上均匀涂抹上氧化铁泥料，然后用刮刀刮刻出各种图案。刮出的图案不像雕刻的图案那么深，刮过的地方露出白色，正好像画上去的图案一样。这是鼠志野的一个特点。

类似这样全面涂抹泥料，然后刮出图案的手法中国早已有文，即使在朝鲜也不是没有，但大多都是在黑色的坯体，也就是在有颜色的坯体上，涂抹看起来像面粉一样的白泥，然后刮出图案。所以，图案都是白色以外的颜色，在黑色表面刮出白色图案的很少。虽然也不是完全没有，但是不多，可以说几乎没有。

甚至可以说，仅凭这点，鼠志野作为日本陶器中一种新型的陶器，具有创新的特点和出乎意料的效果。鼠志野釉料较厚、不透明，有些模糊、温暖柔和，与乐烧的特点相似。烧过头时，釉料过分熔化，像玻璃一样发亮。而窑烧恰到好处的正烧品，效果显著，艺术性很强。

然而，如此崭新的艺术品，却几乎从来都没有被世人所认识。当然，从一部分人很珍惜地收藏作品的情况来看，也不能说完全没有被认识，但至少在陶瓷器界没有被广泛认可。最近它突然受到世人关注，其高雅的艺术价值被人们议论，这是因为我们发掘调查了美浓古窑遗迹，找到了鼠志野的源流，其评价自然一下就被提高了。仔细想想，鼠志野也可怜，一直被人遗忘，受到不当对待。

因为颜色看起来像老鼠毛的颜色，不知谁顺口叫了声"鼠志野"，然后就成了这种陶器的名字。可是，最近出现的图案本来应该是黑色的，但却是白色的鼠志野，有人据此取名逆志野，似有多此一举的嫌疑。首先，逆志野这一叫法就不准确，而且这种叫法也没有美感，无论如何都没有鼠志野一名古雅妥当。

叫法之类的我们暂且不说，鼠志野的优点是作品风格朴素、风雅、有力量，表面柔和雅美，富有潜力，而且看不出任何有意而为的地方，简直就是只能说好。现在的人绝对不可能做出这样的作品来。单是烧就不可能烧出当时的那种味道来。首先经济上就达不到，更不用说要再现当时的艺术风格。总之，现在的人是做不到的。

专门模仿，下一定功夫也许能做个差不多，但不论是形状还是图案，都是不可能与之媲美的，估计连一条线也模仿不出来。而正是这样的一条线便能分出高低来。所以说，还是桃山这个时代有着富饶的艺术力量，桃山时代的陶工随便画的一条线里，就富含着令今天的我们惊诧的当时风雅之人的丰富内心世界，这一点现在的人无论如何都做不出来。这是一种艺术沃土时代的产物，而且也不仅限于志野烧。令人惊诧的是，这一时代的东西，不论什么都非常雅美。我觉得不可思议的地方就在于此。

过去能做出来的，今天为何做不出来？说到底，艺术这种东西可能并不是智慧的产物，而是某一个时代的人格的产物。如果仅凭智慧就能做出，那么时代不断进步的今日就没有做不出来的东西，因此，做不出来的原因就在于时代的人格之不同。我不得不这么想。

常言道，"米勒之后无米勒，桃山之后无桃山"，这是自然的结果。好时代的产物随便什么都可以放心说是好东西，不论形状是圆还是扁，什么都是好的。

在这里，我顺便指出，十几年前出版的《陶瓷器百选》一书的作者，指着鼠志野说其是窑变濑户。如今我们终于知道，它根本就不是什么窑变，而是"计划的产物"，一开始就有目的地这么做。事实上，鼠志野现存很多，尤其是当我们国家的考古队发掘了美浓古窑，确定了鼠志野的源头后，就更明确了。

如果一定要说它是窑变，那么就应该证明，没有窑变的话，它本应该是什么样的东西。只是用窑变来说明，不过是毫无意义的外行行为。

以上是我的画蛇添足之言。

1936 年

## :: 信乐烧水缸

当一个人没有野心杂念，专心致志创作一件作品的时候，那件作品就不会有什么令人生厌的地方。

与此相反，恰好是无聊的人，才会以肤浅的意图计划性地制作作品，不仅方向错误，而且作品粗俗不雅，不堪入目。真正好的东西，近于天真。

天真之作，哪怕表面上杂乱无章，比如伊贺烧、信乐烧，这些好东西看着怎么看都觉得好。正因为如此，虽然可能被看作幼稚或拙劣，但伊贺烧的花器、水缸和水罐等，价值高昂者不在少数。究其原因，做得不好也许看着不舒服，但实际上因为是直率地、天真地制作出来的，所以很美。

要说那是一种什么美，不外就是那个时代的人的纯美的心。正因此，能做出价值上万的伊贺烧陶器的那个时代，同时也是一个能创造出价值上万的绘画、雕刻的时代。

这款信乐烧水缸，虽然年代不是很古，但年份应该是德川初期的。虽然没有古伊贺的那种气韵，但也没有任何一丝令人不快的地方。正因此，这款水缸才得到今天的鉴赏家们的重视。总之，看时代的新旧，是艺术鉴赏的座右铭。

看到以前的好东西就能感受到好，虽然这是现代人的生存之道，但即使感受到了，也未必就能做出来。所以说，在现在这个时代，从珍爱古陶器的人的鉴赏眼光来看，不会产生令人满意的陶器。从这个意义上说，这款信乐烧水缸也是很有价值的。

1935 年

## ::　仁清作蜻蜓火碟、仁清作荷叶油碟

野野村仁清出生在丹波国 ① 桑田郡野野村，是从庆长到宽永（1596—1643）年间的人，世人多称清兵卫，入道后改称仁清（也有一说是因为他住在仁和寺门前故称仁清），（主要在）洛西御室 ② 筑窑烧陶。

陶祖藤四郎 ③ 制作的陶器毫无疑问都是精品，但遗憾的是，现存的所谓藤四郎的作品大部分都不能确定就是藤四郎之作。大部分所谓藤四郎的作品，都是从制作年代或者其他条件上推断出来的。

---

① 丹波国：旧藩国之一。位于今京都府中部和兵库县东部一带。

② 洛西御室：京都西部地名，仁和寺所在地。京都古称洛阳，简称洛。

③ 藤四郎：加藤景正，世称"四郎左卫门"，后简称"藤四郎"。是镰仓时代前期陶工，被看作濑户烧（濑户窑）的开山鼻祖。

如果一定要从日本第二期有名的陶瓷器艺术家中举出一个人，无论如何首推仁清。事实上，仁清是第二期所有作家中最出类拔萃的那个。

仁清才是第一个把日本意识全部融入陶瓷艺术的陶瓷器艺术家。因为仁清的出现，日本的陶瓷器才作为日本本土的艺术发挥出本来的本领。我在这里要强调的是，仁清的作品中没有中国，没有朝鲜，也没有任何其他国。"陶土仁清、绘画仁清、知见仁清、人格仁清"，综合起来就是一个日本的全能的仁清。

假如推崇他为日本陶瓷界之王，有谁能理性地举出一二三条"证据"来反驳呢？仁清的任何一个部分都没得说。所有所谓的主义，所有所谓的倾向，如果与仁清的作品对决，都不是仁清的对手。仁清各项都出类拔萃，他吸收了所有的要素，达到了不为任何外因所憾的至高境界。没有任何人能做到像他这样，把陶瓷器本身的特点与日本人的工艺美术意识完美结合。

乾山是名人，也是一个好人。但他的想法来自宗达和光琳。即便他的代表作之一立田川深盘（或者棣棠深盘）的做法——镂空手法确实有意思，但也只是仅仅如此而已，还没有达到恰如其分的终极之美。而且总有一个很遗憾的事实是，乾山作品中很难看到乾山亲手从泥胎开始制作的作品。

到了木米，时代又往后一些了。他的陶器的特点也有对于陶瓷器的一般性过于排斥的遗憾。而且他对于唐物等传来的古陶瓷器模仿得非常多，这说明木米本身在某一个方面就是一个拟古之人。当然，本来木米的光彩也在于此。由此看来，仁清确实光彩夺目，而说到底这是仁清自身的人格还原的结果，这是他浑然天成的。

这件作品与仁清标志性的"以美的庄严燃烧"为作品基调的性质虽然有一定距离，但从中也能看出仁清所特有的出人意料的一面。仁清即使在制作此类普通器皿的时候，也与制作茶罐、茶碗等茶事用具一样，以谦恭认真的态度制作。这当然是作为一个真正艺术家的必然态度，但实际上很多时候很多人都做不到言行一致。制作的品种和客户对象不同，制作态度发生变化的事情并不少见。

首先，我们从创意上来看这款作品。从用途上来说这是一枚油碟就够了，可是仁清却有着优雅的创意。他以荷叶造型作为下部的托碟，上部是另一枚蜻蜓造型的火碟，取夏虫扑向灯火之意。

其次，我们再看技巧。蜻蜓翅膀根细，而翅膀尖则宽，尾部向一边弯曲，正好避开灯芯位置。这些地方无疑都是以实用为前提设计的，但创意设计不但没有影响实用性，反而以油灯的实用而用，这才是鬼斧神工。更令人惊叹的是，舒展匀称的翅膀，其实是干脆利落地放灯芯的笏状笄。到底是一个手法高明之士的创意，令人止不住点头称赞。此外，蜻蜓尾巴稍有摇摆的细节，给人的感觉是似乎正在飞动。

油碟是一边上翻的荷叶，你看那连接荷叶的荷茎多么坚固有力。受此影响，叶面刻画的叶脉线也必然生气勃勃，就像池底的水正在流动一样。仁清这个人，怎么能如此给作品注入灵动的生命力呢？对，这正是高尚人格才能画出的线，鬼斧神工才可能画出的线，深谙事物蕴奥才可能画出的线。只能是如此。

以上，我看的只是碟子的表面，而背面则完全不同，没下任何功夫，没有任何装饰。应该是给用品的贵贱、使用的上下关系划出了界限。在这里，我亲眼观察了仁清做的陶器，也亲身感受到了陶器本身对我眼力的影响。也就是说，我在观赏仁清的作品的同时，也感受到了仁清作品所蕴藏的力量，然后被真诚的事实感动。

最后，我们再把荷叶碟从手上放下，放到眼前3尺（1米）左右的地方看，我们能看到叶面上浓淡无序的青釉自然变化成荷叶的颜色，就好像又吸收又反射光线一样，宛如刮过一阵晚凉的清风。

令人深有感慨的是，仁清的作品对釉边之美的追求，对窑印正确的希冀等，这些都待后日再说。

没有人能像仁清那样在总结陶艺的条理、把理论具象化的同时，为日本陶瓷各方面的发展都做出切实的贡献。即使做了以上的说明，我也还是没能把仁清说明白。如何才能把仁清讲透彻，对我个人来说是一件很苦恼的事。

1933 年

:: **关于我自己的作品（节译）**

有人在无数的作家作品中看了鄙人的作品后把鄙人称作天才。我知道这样说对这些人很失礼，但我不由觉得，说这种话的人大概都是对艺术缺乏理解、鉴赏能力不足的人。这种人有一种随口就说别人是"天才"的毛病，可能他们只要稍微看到别人能做到但自己做不到且令自己感动的，马上就称对方为天才。

愚以为自己的陶瓷作品，除了割烹食器外，都是爱而不精之物，没有任何值得赞赏之处。鄙人更擅长批评，在评论一事上很有自信。而鄙人的毛病恰好也是评论，尤其是艺术评论，对于古今东西不论和具还是洋物，总是多有批判。还有一个毛病就是对现代大部分作品拒之于千里之外，唯恐避之不及，因此常讨人嫌。但是鄙人对于自己的批评心胸坦荡，故而也有极深的自信。但是要说到自己的作品，其实与自己希望达到的水平还有甚大距离，只有连声叹息，常感悲哀。这也正是批评别人时如猛虎禽兽旁若无人，但对自己的作品则如少女般羞于启齿的理由所在。即便如此，对于制作，我又不能断念，因此，一看到好的东西就想学习，一有机会制作欲就勃然大发，也因此养成了一看到不好的东西就毫不客气开口骂的傲慢态度。书、画、篆刻、匾额，最近又是陶瓷、漆艺，另外还有割烹料理等，任凭兴起，不管顺序，没有统一，极端散漫地制作创作。

鄙人鉴赏的美术品，若非千年之物，就不可能令我产生最彻底的感动。哪怕是中国的宋、元、明的美术品，也不会像崇拜中国的人那样心悦诚服，更不用说清朝的东西了。不过我却是一个鲜有的认可"日本德川时期存在有价值的东西"的人。

虽说自古以来趣味之极致以佛像佛画和陶瓷为终，但鄙人欲稍加解释。只要真对佛像佛画的艺术有鉴赏能力的人，那么鉴赏陶瓷器就不难。相反即使有鉴赏陶瓷器的能力，但要鉴赏佛像、佛画却并不容易。就是说可以说鉴赏佛像、佛画之美是美术趣味之终极，但若要以陶瓷权威为最终，在有识之人看来却未免言之有过。

如此，常以批判态度享受艺术鉴赏之道的鄙人，对自己进行批判，是因为我相信自己作为一个鉴赏家、批评家，地位并不低。即使如此，一旦看到自己的作品，却如同看到低劣稚愚、重技巧而少内容、欠缺素养的东西一样，堪等献丑。

大家能看到鄙人书斋里已有千年历史的佛像、古老的千年干漆佛、松方公旧藏的镰仓时代多门天像、镰仓时代的圣观音像大作等，这些作品表现了艺术的尊严。我收藏的书画有逸势、大雅、芜村、良宽、隐元、仙厓、木米等人的作品，陶瓷日本、中国以及西洋各国的古陶瓷，匾额是镰仓时代的。古今东西的印刷类、写真类旧版名帖堆满鄙人左右，自嘲犹如儿戏。这些都日夜折磨着鄙人，是给鄙人以切实刺激之物。

如上所述，当发现自己的天分与素养皆有不足时，实在是深感无奈与悲哀。因此，鄙人甚至觉得自己并不适合当创作家，但当批评家却有一技之长。所以盛赞鄙人为"天才"的人，实为心眼未开之辈，难有共同语言。总之，鄙人作品不过是笨人的敝帚自珍之流，不免给他人带来麻烦。呜呼！修身养性，远离恶作，接近真理。

1925 年 12 月 1 日，第一次鲁山人习作展

::　近作陶钵展寄言

料理没有食器似不可存在。

食器之于料理，就像衣服之于人。正如人不穿衣服不能进行日常活动一样，料理没有食器盛装也不能独立存在。所以可以说，食器是料理的衣服。

对料理感兴趣的人，就不可能对相当于料理的衣服之食器漠不关心。自古以来，人们对服装示以极大的关心，设计、研究，素材、染色等方面都取得了令人惊叹的进步。食器作为料理的衣服在中国的明代发展至极高水平，朝鲜虽然没有可称作食器的陶瓷器，但有御本手①、坚手②、柔手③等茶碗，以及高丽云鹤手④和其他在日本被当作抹茶茶碗用的陶瓷器。日本在四五百年前就已经有古濑户烧、古萩烧、古唐津烧、朝鲜唐津等，一开始就被当作食

---

① 御本手：亦称御本茶碗、御本。御本手是桃山时代与江户时代年间，朝鲜按日本送去的样品（手本）烧制而成的茶碗。狭义上仅指釜山窑烧制的茶碗，有淡红色斑纹。

② 坚手：一种高丽茶碗。产于李朝初中期庆尚南道金海窑。因瓷胎和釉料坚硬而名。

③ 柔手：一种高丽茶碗。与坚手同为金海窑出产。因表面釉色柔和而名。

④ 云鹤手：一种高丽茶碗，属于高丽时代末期的镶嵌青瓷。因云鹤纹样多而名。

器制作的陶瓷器，少量现存的或被人当作价值连城的珍宝，或作为料理的衣服，用于盛装高级料理。另外，个人陶瓷器作家如仁清、乾山、木米等受到的评价最高，在有见识的爱好家之间备受敬重。

但是看看现在，其实我也是不好这么说，但真是令人心寒。个人作家中没有出现杰出的天才，没有一个能令我们俯首敬服的热情陶瓷艺术家。我这么一说，不仅是专业的，就连一般的陶瓷爱好者都会憎恶地鞭打我，但我愿意付出这种牺牲，我不顾他们的憎恶，熬过他们多年的鞭打，以自己的微弱之力，先专心窥探古陶瓷家们的精神世界，观察赏玩那些古陶器的古人和今人的动向，以自己的信念和技术相符的地方为制陶之心，十年如一日专注制陶至今。由此我明白的是，陶器之美与书画之美、雕刻之美、建筑之美、庭院之美等艺术之美没有任何区别。

所以陶瓷器作家中如仁清那样，如果不是创造出纯日本风格的造型，如果不是擅长用陶轮拉坯成型的技术，如果不是有着超人的绘画、书法、调配釉料等才能，如果没有超过常人的天资就不可能成名。像乾山那样，能画出超过光琳的绘画，又能写一手好字，创造出与仁清风格不同的日本趣味的造型，流传下很多令人感动的作品。仅他的绘画，就非同一般。木米更不用说，其绘画在市场上价值超过 10 万元。

这几位单是绘画就有着非同一般的能力，他们之所以能制作出非同一般的陶瓷器，自然是理所当然的了。而既不会绘画，也不会写字，还不会赏玩古字画的人，他们只会把制陶当作儿戏，不可能做出什么了不得的东西。

现代的陶瓷器作品已经到了令人寒心的地步。

我并没有把成为陶瓷器艺术家当作目标，所以也没有必要排斥现代作家或凌驾于他们之上，更没有独占陶瓷器艺术家各种荣冠的小心眼。

我本人目前的绘画和书法水平也就是大家都看到的那样——微不足道，没有什么了不起。

多亏喜欢绘画，喜欢书法、篆刻、古书画、古董等，不论古今东西，不分现代古代，只要是好的东西我都喜欢。虽然没什么了不起，但也是一个好事之徒，也算是一种趣味人生吧。从这种立场上不客气地说，我对现代陶工们有所不满，所以请自隗始，自己开始研究。况且我还研究美食，研究美食这个事业，还有研究食物的衣服的责任，所以更应该努力研究创制陶瓷器。

因此，请各位时尚的陶瓷家不要把鄙人当作敌人看待，也不要觉得我是一个故意捣乱的人，请开阔胸襟，把鄙人当作同业同好的一个人，一起交流，共同进步。

恰逢今日在大阪举办鄙人最新的陶钵展，展览鄙人最新的陶器茶碗，敬请诸位光临指导。如蒙指教一二，不胜荣幸。不论绘画、陶器，或者其他任何艺术，若是作品已死，则无可救药。

所以，如果诸位方家认为鄙人今日展示的陶器都是死作，都是一朝一夕临时抱佛脚制作出来的，那么鄙人可能将当场决定从此不再制陶。相反，如果诸位觉得鄙人的作品虽然幼稚，但气韵生动，富有生命力，我将更有信心，更加精心钻研，以期为后来者留下若干有用的东西。

1936 年

## :: 我的近况

早睡晚起，喜睡午觉——这不是什么歌词或标语，而是我最近一段时间的生活。

在短暂的时间里，用最少的时间，我做超出常人一倍的工作，这就是我的独家魔法。窍门当然不能告诉你们，但我比常人加倍努力是真的。而我更热爱着自然的风物，没有自然美的生活不是我的生活。珠光宝气的生活，我是不会满足的。

自然美是我的圣器，名器名品等艺术品是我的良师益友，对此，我深表敬意。

我一直觉得我的作品明天会更好，下个月会更好，明年会更好。到底能拖延到何时，到底能有何种进展，对此，我也饶有兴味。

我对争胜好强没有任何兴趣，催我是没用的。但是我也从未在一个地方停步不前。日日努力，天天学习。

1953 年

## :: 鲁山人归国首届展览会致辞

去欧美转是转了一圈，但也只有如下一点感想：

一、老一代与现在的青年们完全不同

二、什么话都不会说

三、自己不能随便花钱

四、聊以慰藉的是还能尝出食物是否好吃

五、能看懂古代美术品的好坏

除此之外，什么都不懂。

知道了无论哪国的现代料理都不行，也知道了无论哪国的美术品，只要是千年以上的都令人佩服。明确了这些对我来说就已经足够了，其他其实都无所谓。在美国的学校讲过几次话，但也都是无足轻重的。

从欧美漫游回国后，我的作品是不可能马上就有什么特殊变化的。如果那样，我将鄙视自己。

1954 年

## ::　鲁山人回国一周年作品展（于金泽）

传统应该受到尊重，而且应该被正确掌握和理解。但是现在的很多陶瓷艺术家旧态依然，因循守旧，令人恨铁不成钢。对此，有心者一定是等待百年河清的心情。但是必须承认，其实造成这种现状的原因鉴赏家也有责任。妥协的、跟风的眼光，造成了艺术的堕落，而堕落的艺术反过来又影响了鉴赏家的鉴赏能力，使得现代美术界陷入了一种极端的恶性循环。

我希望革新这种鉴赏能力，幸运的是世人皆知加贺<sup>①</sup>雅士博学多识，奖赏能力高。而我更想知道诸位雅士如何发挥并提高鉴赏眼光。

1955 年

---

①　加贺：古国名，今石川县一带。金泽为石川县最大的城市。

:: 新潟展览会致辞

"机会成熟"果真是一件很奇妙的事情，而我的作品也终于"机会成熟"地出现在新潟，出现在各位的面前。

因为我一直号召进行艺术革新，所以我的作品虽然也尊重传统，但也基本无视传统。

我不知道自己十年后还能做出什么。但有此机会，能在诸位大家面前献丑我不胜荣幸。我将从诸位方家的批评中学到很多东西。

1955 年

:: 鲁山人会成立致辞——我的人生

人们认为我的日常行动比较排他，都认为我是一个遁世家。这是因为我从 30 年前就隐居，不与人交往了的缘故。

我是与生俱来喜欢"美"，我对美绝对一边倒。人工制作的艺术品虽然也很令人敬重，但我绝对喜欢的是自然美。我是"自然美礼赞一边倒"。不论是山、水、石头、树木、花草，还是禽兽鱼虾，只要是自然的，我都觉得是美的，我都喜欢得不能自已。

没有自然美，我将不能生存。我对不懂自然之美的艺术家的任何努力都毫无兴趣。因此，我不喜欢夜晚的室内空间，因为哪怕摆放着的美术品，也看不到自然之美。所以，我更不可能像一般人那样过夜生活。

我像山上的鸟一样日落而息，每日要睡9个小时以上。烧窑的时候，我也没有在晚上烧过。而且我对世人关心的胜负之类的事情没有兴趣。即使被人笑话，我也还是喜欢小原庄助[1]，希望能像他那样生活，但苦于现实不能实现。我从来都很害怕被世人误解，但如果世人不误解我了，真正认识我了，那才是最为恐怖的。因此，我有假装老实的"毛病"。

1956 年

:: **第五十次鲁山人个人展**

人们常说要发挥个性，这句话不虚，应该当作重点画下来。艺术家在发挥个性上不应该有任何顾虑，也不应该有谦虚的、周到的、不出彩的常识。虽然觉醒太迟，但我最近还是下了这个决心。

---

① 小原庄助：流传于福岛县会津地区的民谣《会津盘梯山》歌词中出现的一个人物，是否真实存在有争论。歌词云此人"喜睡懒觉、喜喝早酒、喜洗早浴而亡"。

也许会被人骂作蠢货，也许会被人看作幼稚，但别人要如此，我也没有办法。

陶艺家什么的，只不过是因循守旧混日子而已。我周围都是这种人物。

总之，别人是别人，我自己要先打破陋习的束缚。这就是我最近的心境。

1956 年

:: 《鲁山人制陶集》寄语

自称雅陶生活，潜心研究 30 年，揉捏泥土，揣摩火候，至今不渝。

但是，说起来容易做起来难，其困难程度超出想象，常常觉得，会以感叹古人真是伟大而结束工作。

明天一定更好、今年一定更好、明年一定更好……我似乎一直干劲十足，但不论是创意还是创作，一直做不出自己满意的。即使被看作凡庸，但总期待明天会更好，这就是我的现实状况。这也是本集收录的拙作，或者说这只不过是一个个性极强的恶作剧吧。

1957 年

## :: 第五十二次鲁山人个人展

我在镰仓的制陶生活也有 20 多年了。在这 20 多年中，我主要把心用在如下两件事上：一是刻意观摩超越木米数倍的古代陶瓷器；二是注意不要被陋习所束缚。

我的愿望只是率直地、自由地创作。即使自知不足，也要全身心投入善恶合一、美丑不二的创作欲望，其他愿望则一概没有。

展品仅供各路方家阅览批评。总之，鄙人唯欲追求艺术，专心重视陶器之魂。

1957 年

## :: 第五十三次鲁山人陶艺展

应该写几句话，但本不善用硬笔的我却不知说什么为好，亦无话可说。换句话说，那些无法取悦世人的无用之词，才是鄙人随身携带之物。

虽挚爱陶土，但不尽随意而为。

在此心境下，一日一日，随风而去，任情而做。

如避世般生活数十载，鄙人形成了常见的那种不被人待见的怪癖。我甚至迷茫，像我这样的人来名古屋到底是好还是不好。

但是我不可能离开追求自然美的生活。名古屋人大概也是如此。我期待与以喜爱茶道为特征的名古屋人促膝欢谈，向他们学习日本茶道的自然美和人工美。我认为自己还是有与名古屋人谈论此事的资格的。因为我每日的工作便是如此。请大家与我握手，与我欢谈，一起享受人生，一起努力生活。

不论在此是否被大家厌恶，是否被大声批评，这些刺激，都会令我意志更加坚强。不论赞扬还是批判，任何哪怕微小的意见或看法都不需客气，都请发出声来。

1957 年

## :: 第五十五次鲁山个人展

又来到京都了，每次都打扰各位。不过我本来就是京都人，所以请大家凑个热闹来观展。此次展示的是备前陶土作品，如果觉得有意思，那就算有意思吧。我是一个对所谓的前卫派完全不懂的守旧派，但也并不是纯粹的守旧派。

总之，鄙人既不是陶人，也不是书家，鄙人像是一个稀奇古怪的顽皮少年。

谨博君一笑。

1957 年

## :: 鲁山人雅陶展

我经常说自己是独创，说自己是独思，但其实总是陷入卖弄雕虫小技的小聪明。

我基本上有这个坏毛病。不过，天生就这么一点儿能力，也是没办法。羞愧汗颜，请多包涵。

我希望获得素养的自由，我希望有显示着坚韧不拔的、自由的、真正的自然美。但总是不容易得到，唯有日日烦恼。

1958 年

爱陶语录

第一卷·10

:: **制陶热情**

因为我是一个彻头彻尾的外行陶瓷器艺术家，而且本来也没有什么教养，所以刚开始制陶时，我是非常不安的。直到今天才终于敢说，正因为是外行，所以才能把自己的见识毫无保留地用在制陶器的工作上。

这么说也是当然的。最初，我作为一个外行开始制作陶瓷器是在 40 多岁的时候，迄今已经过了 30 多年了。其实都太晚、太迟了，跟人竞争都没有意思了。

已经这么一大把年纪了，说实话都有些不好意思。但是自己也没有其他什么拿得出手的本事，只是厚着脸皮硬是坚持下来而已，所以心中从未觉得自己多么了不起。但是怎么说呢，我天生是一个吃货坯子，自然产生无限欲望，总想要又精美又养眼的食器。也就是说，一直祈求料理的衣服能把料理打扮得风情万种。这与想给美人穿上美丽的服装的心情是一样的。用料理的美丽的衣服给料理增色添味，不管别人如何想，这对我来说是绝对不可或缺的人生乐事。

:: **自戒**

如果说不勉强而为是艺术的要领，也是健康的宗旨，那当然应该遵守，更不用说，不能为了追求显达而有不自然的欲求。

※

把自己的创意传授给别的作家是一件没有意义的事。

:: **随机应变**

艺术没有计划和人为造作，艺术是时时刻刻产生出来的。
换句话说，就是随机应变而来的。
艺术是某个"乱心"时刻临时产生的，是在制作过程中自然产生的。

## :: 美术爱好

想成为一个真正的美术家，我认为，首先你应该不厌地追求美术爱好。在彻底追求人工美之后，应该学习自然美，埋头于自然美。只是以人工美自称某某流派的人，一点儿意思都没有。自然美永远优于人工美。

## :: 何为美的生活

真正的美的生活就是形式美和心灵美兼有的生活，即艺术生活。

## :: 基因的优劣①

我经常说，想当陶工创作名器，并且以此名扬社会的人，必须在绘画上也应该是一个有相当水平的画家。但是一直以来，很多人却因为虽然喜欢绘画但能力不足只能转行，开始捣鼓陶土制

---

① 原文即是如此。此文虽有时代的局限，但为尊重原作者，翻译时没有改动。

作陶瓷器，因此制作基础就不扎实。

　　与画家相比，陶工种群好像基因有问题。因为他们从祖先起大多都是工匠，这种出身绝对不可能做出好陶器。想成为一流陶艺家，但如果不是出于好奇心而走进陶瓷器的世界，如果不是从自己的兴趣爱好出发而制作，那么我劝你还是尽早放弃这个梦想吧。

　　像木米那样的世代祖传的现代工匠，到最后也不可能创作出具有艺术性的名品。现在的陶工们，如果不能从精神上大量摄取美的艺术营养，走出工匠局限，那就只会是重复虚假的生活，徒劳无功。会展上，陶瓷器被"工艺美术"这种二流美术之名称呼，受人轻蔑，但就算如此，还是有很多人参展，可见都是些无聊之人。

※

　　如果不能做到用绘画制陶器，那么你将以一个被世人轻蔑的、终生贫穷的、无用的陶工的身份走完这一生。


::　**上进心**


　　任何有乐趣的生活和爱好都是如此，我今年的愿望就是"追求好东西"。我的心愿，我的上进心，不外就是不断地追求完美，然后就是修身养性。

※

我希望能助力所有人喜欢美的事物，帮助他们知道什么东西好，帮助他们知道如何走正道，不走歪门邪道。

※

能买到好古董的五条买古董原则：

一、首先应该出手阔绰大方

二、不随意砍价

三、付钱购买后不反悔、不退货

四、不论自己是否想要，不无端评论

五、不因能倒卖赚钱而随意出手

※

没有出奇的想法，就不会有出奇的结果。

※

艺术家应该与艺术不即不离地生活。可以说，艺术本身应该就是实际的生活，或者说实际的生活本身应该就是艺术。作品不过是这种艺术生活的表现而已。

※

有人随便开口就说想做一个茶碗。可能他平生不论看到什么茶碗，都从未看到过那个茶碗作者的精神世界。

不仅是茶碗，所有作品都是作者全部人格的正直表现。所以，一个没有敢于当众献丑的艺术家精神的人，就不可能把自己的趣味和精神世界反映到茶碗上去。

※

说来说去，亲近自然才是首要的。不论什么艺术都是以一个人如何热爱自然，是否抓住自然作为素材实现的，因此写生就是最为重要的。

通过写生，不仅能培养仔细观察自然的习惯，还能把自然的印象刻印到心中。在写生的过程中学会省略法，获得控制笔法的能力。实际画面这里还有一根枝条，但感觉没有更美，那就省略掉，或者一笔带过，即做到能够离开实物，用心术绘画。

说起来容易做起来难，要想做到这一步其实是很不容易的，不努力就不行。就像把表现现实的话剧改写成歌舞剧一样。在话剧舞台上，你就算"哒哒哒"地跑，既没有美感，也不会让人觉得那是在跑，但在歌舞剧舞台上，就算你慢腾腾地走着台步，也会令观众忘我地感到你是在奔跑。升华到能 ①、狂言，更是倍增美感，所以绘画如果不能到达这种境界就成了作假。而且没有雅趣也不行……所以要用心，多接触名画和名器，亲近艺术是很重要的。

※

敲门门则开。

---

① 能：日本传统舞台艺术之一。狂言也是。

※

看实物的时候如果带有私欲，那么真正的实物之美则不可能显现。而之所以美，其根源在于以自然界为师。如果想让自然界的美夺目占心，就应该先修养自己。

※

我希望这世界即使一点一滴也越来越美。我的工作就是那一点一滴的表现。

※

不是说只要懂就会做。不，因为懂所以不会做。懂和做是两种不同的事情。

※

必须把向名器学习当作修业的第一要义。无须赘言，这必然是我的制陶态度。

※

制陶，就是在复制。世上从来没有任何部分都没复制的陶瓷器。当然，你想复制什么部分，模仿什么部分，这才是最重要的。

※

在艺术鉴赏方面，生育环境和遗传也很重要。

※

坏了的钟表只有废铜烂铁的价值。一个人必须不断努力，今天超过昨天，明天超过今天。学习，一辈子都要学习。

※

珍惜爱美之心，珍惜贴近自然的时间。

※

听自己说话，不如洗耳倾听别人的美声。

※

俗话不是说吗，好鸟不鸣俗韵。

※

要有能敏锐感觉自然风光和四季变化的嗅觉。

※

如今，没有能完美描写自然的陶瓷家了。画家也一样。

※

喜爱美的陶瓷，希望有欣赏陶瓷的能力，说白了，只要开发自己的审美之眼就行了。

喜欢服饰、懂得穿搭的人想选购自己喜欢的结城和服[①]，结果却让织结城和服的老太太来帮你挑选，难道你不会有轻视自己的感觉吗？

※

有人问，想知道陶瓷器的事情应该看什么书？

想了解美女，应该看什么书？我想，如果仙厓和尚[②]还活着他肯定会这么反问。

---

[①]　结城和服：结城是茨城县西部的一个市，是著名的结城绸（丝绸）产地。

[②]　仙厓和尚（1750—1837）：本名仙厓义梵，江户时期临济宗古月派禅僧，禅画家。其生活态度狂放，亦有机智狂歌传世。

※

若无其事就是轻而易举，就是随便书画，我们也可以称之为超常。

※

乾山的画也许没有近代人喜欢的近代感，但乾山的画是活的。

※

必须思考的是：人要是有问题，就不可能做出精湛的作品。所以，在创作之前，一定要从学做人开始。

※

现在的陶瓷艺术家们最主要的缺点是没有信念，其次是审美的眼光不行。

毫不夸张地说，对于现代美术好像什么都懂，随口就能跟别人议论，但是对于古代名画等古代美术，能一眼就看出其美术价值的，具有能判断真假的鉴定之眼的人，可以说少之又少。他们就连竹田或山阳这类作家的作品都无法鉴别。至于能迅速且负责任地判定贯名①、山阳这类作家作品之真假的鉴赏家，可以说是绝无仅有的。

连德川末期那些肤浅的艺术都不会鉴赏，那么更早年代的，他们就更不能鉴赏得来了。对于现代鉴赏家，我真是遗憾千万、

---

① 贯名：贯名海屋（1778—1863），本名贯名菘翁，江户后期儒学家、文人画家、书法家。

可惜至极。

※

外行大都以为，画家肯定懂画，书法家肯定懂书，其实这完全错了。我要明确纠正你，画家才不懂画，书法家才不懂书。

你要是觉得一个制陶师肯定懂仁清、懂乾山、懂木米，那你就大错特错了。实际上，所谓的专家，似乎什么都懂，其实什么都不懂。

※

因为没有自信，所以也做不好人；因为做不好人，所以也没有器量；因为没有器量，所以肯定也不会有胆略；因为没有胆略，所以就只能玩弄小聪明，就想用雕虫小技糊弄，因此只能做出浅薄无聊的作品，接二连三地改变形式。因为作品浅薄，有见识的人不会被感动。因为不会令有见识的人感动，所以追从的都是那些盲目无知的人，作家其人则不可能成为令人感动的制陶家。因此作品的价格和人气都不会长久，到头来只能成为没用的东西，被人抛弃。

如果真要变成这样的，还不如在学绘画之前，先学会做人。没学会做人，也就画不出真正的绘画。

※

人人都摆出一副艺术家的架势，但真正的艺术家到底有几个人？特别是在陶瓷器的行道里，似乎都在做艺术一样的陶瓷器，可是真正的艺术品其实没有几件。艺术这种东西，我经常说，就是作家人格的反映。作品如果没有形式以外的、肉眼看不见的东西就不是好作品。普通作家基本都做不出好作品，而那些甚至都称不上作家的人，装模作样的，更是不可能。

创作的人、鉴赏的人，都应该修炼自己的慧心。好东西凭直感就能感受到。总之，应该先学做人。

※

以前的作家们都充分享受着自己走的路。比如，以前的陶瓷器作家们都确确实实喜欢陶瓷器，为了自己着迷的陶瓷器他们觉得再苦也是甜。相比之下，如今的作家们是怎样的呢？不过都是为了卖名，为了立身出世，为了几个钱汲汲不已吧！有谁会为了坚持走自己的路，哪怕乞食讨饭也不愿绕道而行？大部分都只在意世人的目光，什么都不努力。

良宽那样的人已经绝种了吗？不管一休如何训导，也不管基督如何教诲，一门心思只为加官晋爵是吧？

※

懂的人一点就通，不懂的人说什么也没有用。

※

杰作与庸作之间只有片纸之差，但这一层纸却极难捅破。要想捅破这张纸进入杰作的领域，需要感激之情，需要精神上的持续紧张。因为没有感动的东西就不会有精神上的紧张，所以也可以说，感动出杰作。此外，只有自己感动了，也才能做出杰出的作品，才能令别人感动。

※

仔细看自古以来各种优秀艺术形式就能明白，无一例外都是先有精神，然后才产生出形式。有心才有形。

可是现在的人却都只学形而忘了学心。说他们的创作已死，就是这个缘故。在这点上，花道和茶道就是最典型的例子。

※

人大概都得修行，再没有比能在自己喜爱的路上修行更幸福的事了。

※

任何人都有与别人不同的喜好，这就是所谓的个性。你尽可以任性而为，尽可以按你自己的嗜好，随心所欲，尽情享受。

提高这种喜好的水平，其结果就是提高情操，升华性情。

修行是无限的。从这点上来说，只要有可能，应该尽量随心所欲，尽量按自己的意愿行事，其结果就是一步一步提高自己。

※

艺术都是用心而为。

※

识货的都是没钱的人，有钱的人却都不识货。真是如此，我再强调一次。

※

若要说真，公平也是真，不公平也是真，任何事物都有两面。

※

世上总有人放着钱不用。

我希望有很多会用钱的有钱人。"死"钱行，活钱也行。

※

总有人叹息说世道实在不公平。

※

常言道"千人明目千人瞎"，但实际上是不是真的如此呢？看不见的人有1000，看得见的人连1个都没有，难道不奇怪吗？

良宽的字很受欢迎。这是好事，说明良宽的字确实好。但是，如果认为只要是良宽的字就一定是好的，那倒也不必，这种盲从的心态不可取。况且到底有几个人能百分百准确地判定良宽的字的真假呢？

※

我的陶艺作品大部分都是以各种日本古典陶瓷器为模本的。

另外，不论东西，古典的陶瓷都是我的模范，这也是事实。但我尊崇的唯一模范是自然之美，我矢志不渝地追求着这种美。

我的陶艺都是来自于此。

※

真正的美，一定都含有某种新的要素。真正的美，无论何时都有新鲜感。日本的民族文化遗产《万叶集》中的诗歌，在今天的我们看来还是很新鲜，还是能给我们带来快乐的。

另外，古陶瓷器中的精品，不是也像刚烧好出窑，还残留着火焰的余热，还能感到新出窑的新品的温度吗？真正的美，超越时空，总是新鲜的。

※

很多人常说，一草一木一块土疙瘩都有美。这是不是真正从他自己的生活体验中流露出来的呢？我们只要看一下他的作品便一目了然。要想认真走艺术之路，没有一颗赤诚之心是不可能前行的。我一般都毫不客气地直言评论，所以常常被人误解，但我相信自己、鞭策自己，不在意别人误解。如果没有向着最高目标努力的意愿，我也绝不会去说这些讨人嫌的话。

总而言之，我是无私无怨。当然也不是用一句"桃李无言下自成蹊"就能糊弄过去的。

※

交结益友。座右的书籍、文房四宝和摆设也是益友之一。在座右精心摆放好东西能帮助自己提高精神境界。

※

愚以为，现代人应该有缘木求鱼一样的梦想，应该把心血倾注到古代的二流三流艺术（性）事物中去。为此的必需条件是远离名利，行动第一。不要嘲笑说这是陈旧的说教。然后，专注自己所追求的艺术，忘我钻研，不分昼夜。只以自然和天然为对象，奋力搏斗。觉得以自然为对象已经够了的话，再去向应该垂首的古代名品学习，拜其为师。

※

越优秀越像富士山一样找不到对手，至此境界时，应该以大自然为对手。

※

自然是艺术的极致，是美的最高境界。

※

大部分人对器物都是被动的。实际上，学到一定程度，差不多了，就应该发挥自己的喜好。

一般人，不管过了多长时间，都不中断模仿和学习。这是不行的。到了一定时期就应该不客气地发挥自己的喜好，就应该按自己的喜好去做。不能永远都是被动的。

※

好好回想一下，人的一生中确有既能无意识地发挥能量，又充满气力和精力，实际上却什么都没做出来的时候。

※

　　就说给木盒上写落款一事，也许大家看我似乎随随便便三两下就写好了，但其实我可是一笔一画认认真真辛辛苦苦写出来的。啊，这一笔写坏了，那一笔样写得不好看，都是这样边想边写出来的。写好后就没有办法改了，只能就那样了。盖一枚印章也是如此。

※

　　人生各有千秋，总之必须坚决地活下去。

※

　　总而言之，在工作上，好的东西就是艺术，艺术就是最高级的东西。也就是说，正直、纯真、洁净才是一切事物的最高境界。

第二卷

在艺术上只有热烈的爱决定一切

若无其事就是轻而易举，
就是随便书画，我们也可以称之为超常。

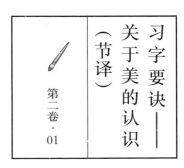

习字要诀——
关于美的认识
（节译）

第二卷·01

　　说起习字，在座的各位都知道主要是指教人握笔写字。实际上，重点是教人懂字，不仅要教人握笔写字，还要教会别人字的"性质"到底是什么，这些不知道不行。搞懂这种可称之为"字性"的特性是最主要的，而如何写字其实在其次。以我的理解，如果不懂字的话，你就是写也写不出个所以然来。不懂字却写字，就是闭着眼睛胡乱挥笔，容易陷入写出来的字到底好不好，自己也完全不知道的境地。

　　根据我的经验，下面我要说的这些话，似乎书法家前辈们都没说过，书上好像也没怎么写过。字是美还是丑，一般都会用各种各样的形容词来说明，特别是在中国，中国人喜欢用很多高深的形容词来说明，但其实这些形容很抽象，很难理解，不能打动我们。

在我所认识的人里面，我觉得，很多人会莫名其妙地害怕写字，对自己写不好感到很不好意思，有的人甚至会一下子就脸红。说到底，就是因为不知道写字到底是怎么一回事，因此感到不好意思，一旦要写便有些害怕。比如，能当政府内阁大臣的那些人，一般说来都是相当有见识的人，遇事他们都不会怯场，但一旦要他们题个字，他们却立马会以自己的字拿不出手、写不了等来坚决推辞。到底为什么会这样呢？字为什么会不好看呢？字写得不好看有什么不好意思的呢？

人生下来鼻子就有高有矮，但鼻子长得矮也没必要觉得不好意思。与生俱来的事情，没办法的啊。鼻子的高矮当然不能决定人品的高低，字的好看与否也是如此。因此，字写得难看，也没必要觉得不好意思，那不过是没有机会习字而已，这也是一件没办法的事。

有的人虽然也习过字，但没有达到一般人认为的写得好的那种水平。虽然他也不完全知道什么叫好字，但他反正就觉得自己的字不好看，并对此感到不好意思，因为写不好就害怕写字，所以就毫无意义地抓耳挠腮。这一点若是理解不好，那才真的是贻笑大方，令人不快。

## ::　中国的书法

说到书法，100 个与书法有关的人中，99 个都会说中国的书法好，尤其是习字的人，更是觉得中国的书法好。

书法绝对只有中国的好，很多人都习惯这样判断。在我看来，中国的书法就好像容貌漂亮的美人，而这个美人到底是个怎样了不起的人，这一点总被人们忽视。总之，只要容貌漂亮、光彩夺目，就会被人喜爱。中国的书法就有这样的特点。

一般来说，中国书法的字形、章法都好，比如三角形、四方形或圆形等，都特别端正。这都是练习的结果。一个容貌秀丽、身材姣好的人都会被看好，而书法就更是如此了。一旦认定这个理，只要下功夫练习，即使是笨拙的人，也能写出好字。比如，理发店的小学徒只要练习 3 年，一般来说什么头都能剃；木匠门下的小徒弟，给他 3 年时间，他刨木头的水平也会提升不少。写字也是一样的，如果能练习 3 年，字当然也就能写得端端正正。

但是，如果字写得端正就是好字的话，我反倒觉得写字是一件很容易的事。可是，现实生活中仅仅凭长相好也不一定就会被赞赏。同样，不讲究字体、风格，即使写得端正，也不值得骄傲。其实，这些都是自古以来都有的说法。即便打眼一看容貌不尽人意，可如果他有才华，且品行端正，依然能够受人尊敬，这样的人自古以来就有很多。这一点，各位应该都知道。

## :: 书法家习字

不像书法家习字那样重视字体、字形、章法的练习方式，也没什么大问题。那种一定要按某种字形练习的习字方法是一种错误的方法，只会练出外行觉得好看的字。

那么，字形好看又能怎么样呢？一位不久前已故的书法家，这位书法家有很多门徒，那些门徒全都按师父的字形写字，有的人写的字与师父完全一样。而另外一个书法家，其门徒写的字也完全与他一模一样……这样的例子还有很多。

这样一来会怎么样呢？实际上，你只不过就是写了字而已，但你写的字没有任何价值。对你这种能把字写得端正的努力，有见识的人也只是给予一定评价，道一声辛苦，除此之外，不会有其他评价。而对于如何"写好字"，我准备今后好好研究一下。

## :: 书法爱好者习字

像军队训练那样，上百个士兵，一二一齐步走式练习而来的书法，在我看来，简直是无知无能，这样的字我一个都看不下去。

我还是觉得 100 个人一定要有 100 种写法才好。一个人只要真正地有自己的主见，按自己的喜好，以自己的见识习字，即使同是 1 个老师，他教的 100 个学生就会写出 100 种不同的字。老师写一张字帖给学生，或者拿出一张印刷的字帖给学生，让学生完全按这些字迹练习，无差别地用同一种方法教不同的学生，这种方式完全是错的，这样习字也是非常没有道理的。

对于那些流传下来的优美的字、精湛的字，我们完全可以根据自己的喜好，选择其中最适合自己的、与自己个性最贴切的字，按自己的习惯随心所欲练习。这种习字方法，才是正确的，才是最适合学生练习的。

比如颜鲁公（颜真卿）的楷书，打眼一看好像很笨拙，但其实颜鲁公的写法非常自由奔放，反而比明代祝枝山等人的草书还自由奔放。而颜鲁公的楷书也比祝枝山的草书还自由，学这种楷书就挺好的。另外，学欧阳询那种帅气的、带有贵公子气质的楷书也不错。这两种字没有任何不好的地方，都很不错，各位学这些字帖习字就行。

:: 书法爱好者的心得

一说到要习字，很多人总是要装点打扮，摆出架势来。为什么要摆架势，其实也没考虑，反正就是要摆出架势来。可是，一般情况下要是写信或者写其他别的东西，大都没闲暇多想，也没空考虑，提起笔"刷刷刷"就写了。从结果上看，大部分人写信写的都是活生生的字，而摆出架势写的字都不好，他们写出的字都像僵硬的死尸，透出一股死硬的所谓的匠气。即使不是以写字为生的人，写出的字也会有一种匠气。我指的是，他们写的字会显出虚荣心和虚饰性。这种情况下写的字可能很端正，可是那种端正，却是非常不好的。

随意写信时能写出活生生的字，而认认真真摆出架势写出来的字反而僵硬死板。如此看来，认认真真写的端正字，不一定就是好字。这种字其实仅仅是为了令书法爱好者喜欢，而写字的人自己回想时，心里会很难受，甚至留下心理阴影。在有见识的人看来，这是错误地把力气花费在毫无意义的地方。这真是一种吃力不讨好的事。

字形好，内涵高尚，且又是活生生的字，当然才能算是最好的字。但如何才能做到这一步呢？除了从根本上学习书法的基本知识，然后在书写技能上猛烈练习以外，没有近道可走。练习不足，运笔就不可能自由，写出的字就没有自由的气势，所以也就不能按自己的意愿写出练达的笔画。要是在开始动笔之前就提前计划好如何拉这一笔、如何点那一笔的话，就是从根本上误入歧途的。

初学时还不熟练，习字时提前计划如何写当然也无可厚非。但书写之前就计划好每一笔每一画，是无法自由运笔的，写出来的字当然也就不自然了。因此，我们经常会看到那些写出的笔画不自然，点的点也不自然的作品。太过正经地写，决然写不出像写信那样自由流畅的字。人一旦正儿八经地拿出架势，下意识地就会紧张，把精力和气力用在无聊的、没有意义的地方，因此结果只能是写出不自然的字，写出不被有见识的人看好的字。大多数习字者其实都逃不出这种陷阱。

:: 如何练习技巧

写字的技巧，只能是多加练习。练达，就是古人所说的出神入化，无意中便能发挥超出自己预想的实力，其实这都是练习的结果。只要认真练习，就会出现自己预想不到的结果。此事说起来简单，人人都想出神入化，而且好像也都理解，但这种出神入化到底是怎么回事，大部分人却并不懂。在我来看，这不外是一种精神上的状态。尽量精神性地运动手腕，而不是机械地运动手腕。用最近的话说就是"艺术性地动手"。艺术并非理性的产物。艺术主要是精神性的，是该人的个性，俗话说就是灵魂嵌入作品中，形成精神性的作品。技术练习到一定水平后，技巧自然就会上升为精神性的，因此就会出现预想不到的结果。达到这一境界后，方可以说自己会写字了，或者说字能写好了。

如上所述，如果刻苦练习、大量练习就能写出精美的字。但是，要说只要刻苦练习，就能达到出神入化，却是不可能的，并不是说只要练习任谁都能达到的。

虽然举出具体名字有些冒犯，但我还是想把这个问题说清楚。明治年代有位叫中林梧竹的书法家，听说他每日早起，必写五百字。可是结果如何呢？如今我们看来，他几乎没有能令人感动的字。即便如此，与今天被称作名家的书法家们相比，他的字目标明确、布局合理、运笔流畅。但他的字与副岛伯爵的字相比，副岛伯爵虽然也学了书法家风格的字，但他没有全部照搬，而是有自由自在的个人风格，梧竹翁的字就好像副岛伯爵的字的赝品。如果把副岛伯爵比作舞台名角，那么梧竹翁便像副岛伯爵的替身，无论模仿得如何像，终究只是模仿，永远不可能成为名角，因此完全没有价值。至今好像还有一定数量的梧竹信徒，但我相信这些都会逐渐消失。

如果你一定要问我，只要从根本上理解了书法并且好好练习，字就能写到如我所说的那种好的程度的话，我也不知该如何回答你才好。因为还有天赋这一因素。俗话说，瓜蔓上长不出茄子，生下是个瓜就只能是个瓜，你要它变成茄子那是绝对不可能的。

但是，即使如此也完全不要自卑。只要守住自己的天分，安于自己的本分就没有任何问题。

## :: 习字的根本

一句话，习字之前得先学会做人。学做人到底是怎么回事呢？那就是一定要有做人的修养。我下面要说的不是习字的根本问题，而是做人的根本问题，这也是习字练书法最为重要的问题，也就是说，习字即学做人。

但是，虽然道理都懂了，但马上就能学会也不太可能，这并不是那么简单的。不论一个习字多么刻苦、书法多么娴熟的人，他的字也超不过他这个"人"的价值。而只要是一个高洁的人，那么他即使不习字，也能写相当了不起的字。

总之，字以人贵，人只能写出和自己个人价值相匹配的字，他的字的价值不可能超出他作为人的价值。一个人即便写字的技巧出神入化，但最终写的那字，也绝对放不出能超过他这个人的光彩。因此我觉得，只要你经常注意这一点，用心做人，刻苦练习，总是会写出好字的。

对于所谓的"字形"，重要的是不要拘泥于字体，不要过于重视字体，只要用心习字即可，不要期望完全与字帖一样，不要只想着写得像字帖一样。

## :: 习字不如鉴赏

总之，学别人的字，最终必须要回归到自己的字。做不到这一点，习字就没有意义。像军队那样，100 个人都走一样的步子，这在写字上是没有意义的。想要做到这一点，无论如何都要多看好字、多学好字。

动手习字之前，先要多用眼看。但只是用眼睛机械地看对写字也没什么大作用，重要的是要仔细看、专心看。用眼习字，不要被小细节所局限，要多看各种好字，如此一来，就不会简单地被一种字形所束缚，逐渐地，你就会找到自己喜爱的字，然后也就能写出真正属于自己的字。

只参照一种字帖，坚持学这一种字，也不是绝对不行。但身边放上十几种字帖，一会儿学这个，一会儿学那个，也不是不行的。在看字的过程中，慢慢地感受并找到适合自己的字。可能最喜爱的字是一开始看的，也可能是第二次或者第三次看的，也有可能觉得第三次看的还不如第五次看的更合自己的口味。如此多看、多学的习字法，是一种非常好的方法。也就是说，你是跟很多了不起的"先生"交流习字。

总之，无论如何都要自由地写、自由地学。

　　看着现在挂在这里的这副池大雅的字，我想起来，"花柳自无私"这几个字中，最后的这个"私"好像特别难认，但从领悟字画的意义上来看，也是很自由地写的。草书最终只要能这般读出来即可，笔画如何简化连笔，倒在其次。虽说不用在乎如何简化连笔，但草书的简化连笔在很早以前就被人研究透了。可能你现在费力发明一种简化法，其实早前就已被人研究并写过了。现如今关于简化连笔之类的发明创造，已经完全不被承认了。但是，虽然不用特意发明什么简化法，但书写时随着气势写，写出的字即便不合理，笔画不正确，也完全不用在乎。


## ∷ 说说我自己

　　再说说我自己，大家或许觉得我会写字，但我其实只是能说而已，字真的写不好。是不是只要懂了世上的事就会像懂的那样做出来呢？其实这是不可能的。懂与做完全是两回事。要是只要懂了就都会做，那世道也就太简单了，天上不会掉下那种馅饼。所以说，懂字，并不说明就会写字。

　　但无论如何懂字是最重要的。什么都不懂，只是盲目地提笔，是不会有什么好结果的。我觉得这种习字法有问题。我思来想去，最终思考的结果就是，冒昧地、渐渐地把书法这种东西解体，然后想办法搞懂。

书道大致就是这种样子。希望各位能理解。

1934 年

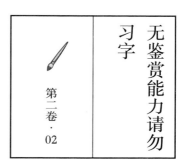

　　在各种艺术中，绘画只要努力，就能达到一定水平，但书法不行，想达到最高水平更是难上加难。现代人把书法和汉字不当回事的原因，是因为不懂。因此，有志之人如果想练好字，则必须好好学习具备神韵的古字帖。跟着那些教写字的所谓老师学，例如职业写字人，其结果只是场儿戏，不会有任何收获。自古以来，职业写字的人中从未出过一个出类拔萃的书法家。

　　用好字帖习字时，如果只是模仿字帖的字形，那就只能陷入职业写家的泥潭。没有我一直强调的鉴赏能力绝对不行，不抓住字所表现的精髓也不行。也就是说，必须一清二楚地看懂字的天分和个性。即使是一滴墨汁，也能表现出个性。

　　比如说画一个圆圈。即便你把圆圈画得如何精巧，但如果没有内涵，在艺术上则毫无价值，只能是一种空且虚的表现。相反，画的圆圈即便形状歪斜，但若能如实地表现出该人的人格，那便一定会被看作是一个美的圆圈。圆圈的意义不在形状上的歪斜端正，而在画圈之人，在画圈之力。我们看高僧画的圆圈，虽然形状歪歪斜斜，但圆心却显而易见。因为出于寂静之心境，其作品便能表现得万方无碍。

基于此，从鉴赏方面来说，若是有卓见的书法鉴赏家，不仅能看到那个圆圈的形状，还能截取那个圆周的一寸或五六分来看，更能看出该圆圈的美丑巧拙。因为即使那些许截面，也俨然存在着不可更改笔力和墨色的表现力，能使人看出其所要表现的内涵。这就是个性，也是其人。

有一个低俗的例子。以前有一种"墨色算命"，开创墨色算命的人物，无疑应是一个非常懂书道的人物。一个能从墨色和笔势上给人算命的见识家，应该也具有从圆圈的一个截面便能做出正确判断的素质。

当年高岛①门下有个算命先生叫儿玉吞象，他带领五六个同门一起来找过我。杂谈后，出于开玩笑的目的，我随口说："各

---

① 高岛：高岛易断，日本根据《易经》衍生出的一个门派，其影响很大。

位能否用毛笔写一下自己的名字？"

半晌，我在看了吞象君的字之后，直截了当地说："你没有顽强不拔的信念。你仅仅是凭借自己的小聪明占卜吧？一旦说错了，便说是神灵的旨意。你要是以这种态度占卜的话，那你肯定懂我的意思。《易经》的根本原理是领悟妙法，因此，通神明就能算对。"

我根据他书写的字一一解说后，他点头称是："先生所言极是！"

我也是半开玩笑地，对着算命先生，尝试了一次墨色算命。

其实这并不是什么墨色算命，这只是从书法的逻辑等方面来推断罢了。写字的人如果胡写，便会在字上显露出来，那些字就会像铸模铸出的字一样，没有任何生命。这里没有丝毫做作的余地。

纯粹、正直具有非常大的能量，二者能击败任何人。拘泥于技巧，缺乏内涵，举止浅薄，透出一股匠气和故弄玄虚之风，这样的字没有什么价值。到了这一地步，一般人都忽视不见，但古代的一流茶人不会如此，他们像得道高僧一样令人钦佩。字不好就是不好，但首先你应该正直，如果你不正直，没有以纯粹之心写字，你的字就会显示出那种令人厌恶的感觉。即便字多少有些一般，但作者意图超凡脱俗，那字便会了不起。不论利休、少庵、宗旦、远州还是宗和，都彻底地触及书法的真髓。禅宗方面，圆鉴国师（春屋宗园①）最值得赞叹。这些都是茶道精神的功德所在。

总之，要记得，任何东西在纯真之力面前都是苍白无力的，都会不战自败。

1930 年

---

① 春屋宗园（1529—1611）：俗姓园部，战国至江户初期临济宗大僧。与千利休等茶人及战国武将多有交往。被天皇特赐"大宝圆鉴国师"。

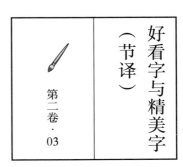

好看字与精美字
（节译）

第二卷·03

　　自古世人所说的"精美字"，打个比方，就像一个人在夏日黄昏，光着膀子、盘着腿，坐在喇叭花棚底下乘凉一样，悠闲、潇洒。江月和尚、原伯茶宗以及一茶的字，都有这种感觉。这么说对各位前辈很失礼，但请容我说完。

　　现今说到字，很多人照例还是用一句好看或者难看来打发，我之前说过，字可不能简单地说一句好看或者难看就了事了。那么，怎么样才算好看，怎么样才叫难看呢？这些我们都必须彻底了解。

　　同为精美之字，其风格既有优美瑰丽的，也有威风堂堂、气势浩然、叱咤三军的，也还有非常严谨、字形端正、丝毫没有差错的，更有威风凛凛、气贯长虹的。在座的各位应该都会承认以上我说的这些吧。其他的还有干瘦如鹤、愚钝如驴、富贵如牡丹、窈窕如野花、滋润如细雨、疯狂如暴雨等风格，精美之字的风格，不胜枚举。竹田的字就是这种干瘦如鹤的风格，或者说如皮包骨那般瘦。

时至今日，流传下来的那些有名的字，不论字形、字体或风格如何，无不以精美而流传下来的。事实胜于雄辩，因此字并非一定要按某种固定风格写，不那样写就不行。如果仅凭字体、字形就能区别好字赖字的话，那么规规矩矩的字就是精美的字。可是即便规规矩矩、端端正正的字，也不能算精美之字，这种情况多的是。因此我们可以说，精美与否不是字体及其风格所决定的。

虽然我知道举比较近的例子有些与人不善，但我还是想举例说一说。参观上野一带举办的书道展览会时，你会看到，即便是没有名气的年轻人，都能端端正正地写出四平八稳的字，这样的人很多。很多字打眼一看很像个样子。此外，也有上代假名，在形式上写得与行成①和贯之②写的假名一模一样，几乎可以假乱

---

① 行成：藤原行成（972—1027），平安中期的公卿、书法家。号称日式书法（和样）完成者，世尊寺流书道之祖。有《白氏诗卷》《本能寺切》等墨迹传世。

② 贯之：纪贯之（870？—945？），平安前期人，三十六歌仙之一。用假名给《古今集》作序。有《土佐日记》《贯之集》等传世。

真。写这个字的本人可能非常得意，但在我看来，这些根本算不上精美的字。因为那只不过是模仿了字体、字形而已。事实上，最近贯之风格的字很流行，但你即便写得再怎么像，也毫无意义，因为你写的那些字没有精神内涵。也就是说，你只是学了贯之书法的皮毛而已。我认为这些人都是只学了贯之的皮毛，他们看贯之的字的方法完全错了。贯之以极细的线条、巧妙的运笔、鲜明而强烈的技巧写假名，但这不是贯之书法的全部，这只是贯之书法中技巧的部分，是一种模样，或者说是一种图案、一种平面设计。

贯之书法的生命，以无形的姿态贯穿在他那些精品书法作品中。那些无形的姿态，是贯之的生命，而贯之书法的特征，则是贯之书法的衣裳，也可以说是居住的房屋。贯之的字偏细，如果说这种字形就是最好的，要是今后出现粗线条的字，那么粗线条的字就不值一文了吗？但实际上大家都知道，粗线条的精品作品也很多，弘法大师的字就以非常粗的线条而著称。由此可见，并不是贯之的线条细就好，也不是说弘法大师的线条粗就好，精美与否不以线条的粗细为判断标准。粗线条也好，用细线条也罢，这些都源于写字人与生俱来的天性，也源自写字人的喜好。而且，如果写字的笔很粗，写的人就只能写出粗笔画的字，那么这和我们讨论的精神就没什么关系了。写之前就先限定粗细等各种条件，我认为这是不对的。

当今，有人写的假名，笔画很细，与贯之写的假名非常像。但贯之作品的过人之处并不在那些细线条上，而是在那些线条的舞动中，这贯穿了贯之本人作为人的价值，这些内涵的价值才是最为尊贵的。这种尊贵的内涵，驱动那些细线条自然舞动，最终写出非常纤细、非常妙不可言的优美线条。这种优美的线条，在无知的人看来是凭借手法技巧写出来的，因此那人就用手来模仿，而且模仿得丝毫不差。但是，仅凭模仿，是不可能写出好字来的。对模仿贯之的人我说几句不好听的话，你们就算是丝毫不差地模仿，除了和你们道一声"模仿辛苦了"以外，不会有任何赞扬，这不是什么值得骄傲的事情。最多再夸奖你们几句"手巧""模仿得真像"……

看贯之作品时，不看他作品的内涵不行。我们在看弘法大师的粗笔字、贯之的细笔假名时，就像看粗细不同的树木一样，其根本价值都是一样的。因此贯之和弘法大师的字才能流传下来，直到今天世人都认为他们的作品是好的。事物的水平，因人而异，也因人的好恶而异，但根本的好坏，还是早有定论的。


## :: 字一定要有"美感"

即便字写得如何漂亮，如何了不起，但如果人品低贱，其字绝不会有"自然美"之"美"。

字不论怎么写，没有美感是不行的。不美就不能被称作精美的好字。

字不论写得如何漂亮、如何了不起，在人工技巧以外，没有自然之美就算不上好字。

字没有风雅不行。风流、风雅本来想深度讨论，但现在我打算先简单说一下。没有风雅就是没有风流。

那么，这些风雅和风流到底怎样才能产生呢？说到底，还是要从没有俗欲的地方产生。俗欲旺盛的人，就是所谓俗人。简单来说，因为是俗物，所以不可能产生风雅和美感。俗人很难忘记自己的物欲，很难受到自然美的刺激，很难沉迷自然之美……他们即便能做到，程度也很低。而平常始终对俗事、俗物不感兴趣，总是观察着自然美，总是希望能与自然多接触、多亲近的人，才是真正的高雅之士，也是真正的风流之人。

## :: 至高之人是深切关注"自然美"之人

兼行法师[①]在《徒然草》中说，善人居住的家屋，即使是从

---

① 兼行法师：应为"兼好法师"，吉田兼好，镰仓时代末期至南北朝时期的官人、遁世者、随笔家。日本三大随笔之一《徒然草》作者。另有《兼好法师家集》传世。

后面看也非常好看。此外，家屋的庭院中若石头太多则不好看，佛龛中佛像太多也没意思，家里器具摆得太多很难看等，他写了很多很有见地的事情。

行家看问题就是不一样，而这些话也只有兼行法师这种至高之人才能说得出来。说到底，因为兼行法师是一个深切关注"自然美"之人，所以才能明确地说出这些来。也因此，好人、善人居住的家屋，即便从背面看，也娴静典雅。字也一样，好人、善人写的字，即使从纸背看，那些字也有很多优美的地方。因为写字的不是手，而是人。不仅书法如此，绘画也是如此。总而言之，字以人贵，不是好人就写不出好字。

## :: 习字时应如何注意笔墨纸砚?

注意，选习字字帖时，要选好人的字作为习字摹本，我们要保持始终接触好人写的字。只有如此，受到他们的字的潜移默化，你自然就会逐渐变成一个好人。而如果你逐渐成为好人的话，按照顺序，你也就会写出好字。

这么简单的道理，一般人都置之脑后。习字之初就想凭借所谓心灵手巧来写出好字，然后趾高气扬，这当然是不可能的。归根结底，这都是把写字看得太简单之故。先把写好字一事放到一边，自己到底能否写出好字尚未可知，但既然要写字，那就一定要往写好字的目标坚定地走下去。想要写好字，得先学做好人。写字和画三角形、四角形、圆形不同，一般情况下，人们都会觉得方方正正、丝毫不差的三角形、四角形、圆形是画不出来的，差一点儿都不行，但好字即便是弯曲，也是好字。笔画不直也无所谓。也就是说，好字不在乎是否规矩，关键在于内涵。从这个意义出发，只要你有内涵，就自然能写出好字。而选用字形好的字帖习字的话，到时自然也就能写出好字。

各位应该都知道这句俗语——"笔砚精良，人生一乐"，但只有笔墨纸砚，是写不出好字的。还是那句话，"笔砚精良，人生一乐"，但重点在后面的字，即只要快乐就行。用自己喜欢的笔，铺开自己喜欢的纸，研磨自己喜欢的墨，享受人生快乐。欣赏纸张，赏玩砚台，研究笔锋软硬，查看笔管用料是好竹子还是赖竹子，以及笔头是否用好兽毛制作等。总之，正如"笔砚精良，人生一乐"这句话所说的那样"乐一生"。

而一定要讲究用什么笔才能写出好字，用什么纸才能写出好字之类的话题，都太俗气。诸如此类讲究当然也不能完全否定，但如果把重点放到这里就俗了。以我的经验，不论什么笔，都差不多。绝无笔好就能写出好字之事。以前有人说，好字不在笔，我完全同意这一说法。若只要笔好、纸好就能写出好字的话，那自己随便选用好笔、好纸不就行了吗？但即便你自己买了好笔，有了好纸，也绝写不出好字。在好写的纸上写字当然得心顺手，但因此就马上能写出好字却是没有的事。墨也是，不好的墨太黏、胶质太多，非常不好写。相反，有一种好墨叫程君墨，但即使你有了这种好墨，也不是就能写出好字。

绘画也是一样。大雅画出的墨色是稀世少见的墨色，但那是大雅其人的颜色，不是因为墨好。好墨若能画出好画，那画画的人是不是只要购买高价的好墨就行了？但实际上，无论你用多么高价的墨，你也画不出好颜色来。如果分析化学成分，大雅的墨色与松花堂的墨色无疑应是一样的。使用同样的墨作画……或许有些许浓淡，或者运笔速度稍许快或慢，但因为画家其人的人品，墨最终呈现在纸上的感觉是一样的。10 人就能画出 10 种墨色，但那并不是因为墨的不同，也不是墨的化学反应，而是该人的"色彩"在与墨的其他关系上产生而来的。

我举一个例子，有的人能从脚步声中判断来人是谁。即便穿着同样的木屐走路，也能从脚步声中分辨出来人。这一点非常不可思议。10 个人就会有 10 种脚步声，不管你是使劲地踩，或者软绵绵地走，谁的脚步声就是谁的脚步声，这声音不是因为穿桐木屐，或者地面的软硬而产生的，这个脚步声是该人的个性所带来的。从这个意义上来说，某种墨色，也是画出该种墨色的那个人与生俱来的颜色。稍有一点不同，感觉就会大为不同。因此这不仅仅是墨的缘故。

水彩也是一样的。同样是红水彩、青水彩，人不一样画出的颜色感觉也会不一样。这是因人而异的。不仅是墨色，任何事情都是如此。

总之，只要享受好笔墨，做到"笔砚精良，人生一乐"就行了。至于日常使用的笔、墨、砚台、纸张，稍微注意一点就好了。但即便你买再贵的砚台、再好的纸张，也不会因此就写出好字来。有很多人明白这个道理，但也有很多人不明白这个道理，所以我才冒昧说这些。不过，毛笔用全锋写也好，只用笔尖写也罢，按照自己的喜好写就没问题。

只是就实用性来说，如果砚台太光滑了，本来 1 个小时就能研磨的墨你得花三四个小时，10 分钟就能研好的墨，你得花一两个小时，得不偿失。

写字与绘画不同的一点是，只要不是很小的字，一般情况下砚台是粗是细，对写字的好坏没有什么影响。确实，我们在鉴赏好字的时候，也能看到笔不好或者砚台不好的情况，但相反的情况也有，正因此，反而意外地写出好字的例子也很多。而说现在没有好笔、过去有好笔等都是借口。要是赏玩笔砚，说现在没有好笔、好砚当然可以理解，但要说因此写不出好字，那就太荒唐了。

1934 年

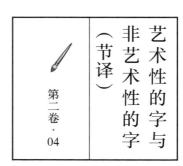

艺术性的字与
非艺术性的字
（节译）

第二卷·04

我认为写字当然是一种艺术。至于什么字是艺术性的，什么字是非艺术性的等问题，今天，请容我说一说平时想到的一家之言。

所谓的精品好字，因为具备美的特点，而充满生命的光芒，所以我说字是具有艺术的生命。那些流传下来的、有名的字，大都是有艺术性的。但有名的字中偶尔也有没有艺术性的。那么，我们如何来区别二者呢？也就是说什么字是艺术性的，什么字是非艺术性的，这一点我们应该都知道。

前几天，日本料理研究会的一个干部对我说，有个地方的料理人问他，什么料理是具有艺术性的料理，什么料理是没有艺术性的料理，艺术性的料理与美术有什么关系，什么是料理艺术等问题。

对此，我浅述愚见道，记录如下。

艺术并不一定就是美术，你所说的料理也可以称作艺术。所谓艺术，一般都把书、画、诗、歌，或者戏剧、舞蹈、音乐等这些看作艺术。出于习惯，看到这些字眼，大家基本都会承认它们是艺术。但要说到料理，突然说它是艺术，这很难被人们理解，因为料理从来被独立于所谓的艺术圈之外。艺术到底是一种什么东西呢？

艺术又包括什么呢？我觉得如果说艺术就是心术的话，大家就比较容易理解。以热情的心态创造出来的作品就是艺术，这样说会不会就更好理解了呢？本来，这个"术"字才是问题之所在，美术、技术等，都有这个"术"字，而这些"术"是限于精神性的，是出神入化的。即使是算盘也算不出其作用，这就是"术"，我们也可称之为"妙"。以不能用常识衡量，用二一添作五除不尽的心理创造出来的千变万化的，就是"术"。

写字、绘画也一样，即便你知道如此写就能写出好字，如此画就能画出直线，但你按那些规则做了，也不可能简简单单地就写出好字或画出好线。人的理性如果只用在小聪明上，那绝不可能写出好字；相反，在写字上，如果把理性用在其他地方，而从感情上出发，这样便能写出有艺术性的字。

但是，要说艺术都是出于艺术家这种专家之手，那也绝非如此。从事艺术性工作的人是艺术家，但创造出艺术的人，并不一定就是以艺术为职业的人。世界上有无数名为艺术家的人，可是出自那些人之手的艺术，可以说是少之又少。那些人只不过是从事着具有艺术性的工作而已。

因为我喜欢字画，所以看到字画就不由这么想——又要说别人的坏话了。参观帝展等展览时，那些陈列的作品都是所谓的艺术家们的作品，但这其中可以说没有一件真正的艺术品。他们的作品即便在艺术的标靶中，也不在真正的艺术标靶中心。说其是艺术，也不过只是沾了一点儿艺术的边而已。而这其中能被冠以"术"字的字画，极少极少。所以说，根本说不上是什么了不起的艺术。

假设这里有一个职业工匠作画的标靶，不论你打得如何准，即便打中十环，也不可能称作艺术，因为你本来就不是精神性的，你是理性的，做的是利己的工作，你做的事不能冠以"术"字。这也就是说，你做的事情都是匠性的，无论如何也称不上"术"。但你一旦具有精神性，做到出神入化，那么你就能自然而然创造出艺术品来。创造艺术，说到底，就是一件远离"俗"的工作，这是一件艰难的工作，毫无疑问一般情况下是很难做到的。可以说，必须依据在人间悟到的自然美而创造，若非如此，则没有带

"术"字的意义。

美术达到一定高度，把人的精神、生命编织进去，就会成为艺术。戏剧虽然是艺术，但我们不能称之为美术。你看所有演员，名角虽然可以称为艺术家，但大部分的三流演员不过是无精打采地做机械表演，不能把他们称为艺术家。总而言之，戏剧是一种工匠技艺。

我们所说的技"术"，指的是出神入化的神技。所谓出神入化，前面已经说过，如果不是精神性的，只是形式上的，那么就只能是一种技能，一种技巧，不可能有"术"。据此，我们必须深入思考"术"字的意义。我们应该明白，技能与技术不是一码事，也应该明白"只有出神入化之技才是艺术的"。

自古都说，观察事物用的是"慧眼"。而所谓慧眼也只有人有，动物没有。个别动物或许也有，但它们的"慧眼"根本达不到人的高级程度。

慧眼指的是人的心灵的眼睛。有了慧眼，才能读懂他人之心、判断他人之心，观察事物时，如果你没有心灵的眼睛，就不可能看透他人的心。鉴定书画时，大多数情况下都能通过慧眼做出明确判断，也因此，看不出他人之心的人做不了书画鉴定。

我们看一个人时，通常会说这个人是个好人还是个坏人，而只要你有慧眼，就能读懂对方的心，就能知道对方是个好人还坏人。当然这也有程度高低，我指的是，人上有人，人下也有人。比如，即便你具有能正确判断大观、栖凤等所谓新画的鉴定慧眼，但如果要鉴定三五百年前的古书画，或者上千年以前的佛教绘画、建筑等，如果没有过人的慧眼，就不可能鉴定出来。要鉴定这些，必须扎扎实实地训练慧眼。只是随随便便地对事物的表面形态感兴趣的话，磨炼不出来慧眼。若不能做到无时无刻不用心观察，则很难培养出慧眼。我就是这样认为的。

说到书法，我认为有的中国的精品书法作品在形式上是完美无缺的，因为形式上完美无缺，所以被很多日本人喜欢和崇拜。对这一点若不慎重，就会被字的形式美所迷惑，就会犯很大的错误。这种作品只看其形态即可，只取其形态之所长便足矣。

从内涵上来看，日本的书法内涵深刻，并不在意衣裳的花样。道风的字，是从中国拿来字的漂亮衣裳，穿到自己健美的身上，他给我们传下内涵和外形都完美的书法作品。再如日本定家卿的字，他把中国的书法，完全变成日式的，他不被既定的写法所拘束，创作出创造性的艺术作品。对此，从根本上明确理解的，只有良宽禅师。

良宽禅师的的确确能写出令人感动的精美字。良宽的字才是好字、美字，才是真正令人感动的字。世上有无数好字，但是令人感动的字却不多。令人感动的字，有些看起来一点儿都不好看，但良宽的字绝不难看。他的字不但字形优美，内涵也丰富。内涵与外形尽善尽美，令万人俯首称赞。我一直衷心敬佩。说到底，良宽的字具有丰富的内涵和精湛的技术。

内涵和技术两全，这是一件非常困难的事，自古人人都希望能做到，但都很难做到。那么如何才能做到呢？首先，就是要有想写好字的态度。以教小孩习字为生的写字先生、画招牌的人、油漆匠等，他们有必要写出字形好看的字，但不需要以写字谋生的人，就完全没有必要只关注字形如何写得好，而是要把注意力放在如何写出有内涵的字上。

除了态度，还应该专注于一笔一画的练习，主要就是要能拉出好线、顿出好点，字是一笔一画组成的，这一笔一画不好不行。不管是一条线，还是一个点，都要有画好、顿好的心态。这一笔一画写不好的话，就写不好字，就达不到习字的目的，因此必须努力练习画好线、顿好点。要练到什么程度才能叫好呢？那就是离自然现象越近越好。说到底，字的样本在自然界。不论道风的字，还是定家卿的字都是以自然为范本。好看的线条、好看的点与划，除了以自然为对象以外，别无他法。但是，自然界中同样是线，却有坚硬的线，也有柔软的线。例如，有坚挺如兰花的线，有挺拔如万年青的线，也有柔软如春天里新抽出的柳芽的线，所以我们不能说线条坚硬就坚强，就是好的，柔软就柔弱，就是不好的。

想从自然界学习一笔一画，以自然的线条写字，就必须向上述几个例子学习，比如兰花、万年青、柳芽等。

再强调一次，我们不能说柔软的柳枝不好。所有的这些，都有着同样的自然美。而要写好字、画好画，无不遵从如此天然性。不论坚硬还是柔软，都没有优劣之分。毋庸置疑的是，上天做的事本来就没有不合理的地方，大家看这院子就长着很多高高的接骨草（木贼），接骨草旁又长着一片山白竹，这一切都是自然而然的。大家除根据自己的喜好，从自然中起笔，学习自然以外，没有其他途径。学字帖，还不如仔细观察自然现象，然后艺术地感受各种自然美更有用。只有这样，看到令人感动的字，才能体会到"噢，就是这样"。

中国人用很多自然现象来形容字，例如行云流水、万马奔腾等，这也说明那些字都是从自然中而来。所以，我们要观察自然现象以养眼，看高尚人的字以养性。关于这一点我还想说的是，气韵是每个人都具备的，或好或坏，或是先天的或是后天的，都是没有伪装地、直率地表现出来的。人品好的人自然表现出他高尚的品格，以及他们纯粹的热情，而俗人则会显露出他的俗气。要想体现生动的气韵，就得使好的气韵能够得到发展，就应该始终想方设法把自己发展成好人。如果气韵本来就生动，即使不修炼，也会或多或少地表现在作品上，但我们还是有必要修炼，并且热诚对待。像工匠那样，专注于写一个字多少钱、刻一刀多少钱，只是迎合别人的需求，不关心自己个性的发挥，这样是做不出有内涵的作品的。值得我们警惕的是，持有这种想法的不仅是职业书画家。

有一种说法，气韵生动在艺术表现上，是无论如何都要做到笔力雄健。有人说笔力不雄健影响价值，这个说法我并不太明白，为何笔力不雄健就不行了呢？为何笔力雄健就好呢？笔力不雄健就不值得看了吗？绘画也有"这个强健，那个软弱"等此类说法，人们普遍认为软弱的没有价值。可是要注意，柔软与软弱不是一码事，非常刚硬的东西也有软弱的地方，柔软不代表软弱。

我年轻之时，听过一位名叫前田默风的人讲书法，他在书法演讲会上说："笔管直立直笔写字时，笔锋在笔画中间。笔尖若在一侧，用笔腹写字的话，就是侧锋，笔势会弱。所以只有直笔才能写出刚健有力的字。"他说，你自然地挥笔写所以笔势会弱，应该这样这样，他以笔尖为中心，把笔尖螺旋式地转动着，一点一点地往下拉线，示范给观众看。但是现在想想，以此作为书写有力的方法绝对是愚蠢的，想要借此来写出刚健有力的字会贻笑大方，这只是一种小把戏而已，想靠障眼法使弱笔显出力量。

如果你是一个刚强有力的人，那么不论你以何种方法随便地写，那么你写出来的字都是刚健有力的，而软弱的人写出来的当然只能是软弱无力的。若用上述小把戏来写，写出的只不过是看似有力的笔画而已，事实上那并不是真正刚健有力的字。我们绝不能学这种骗人的把戏。教书法的老师说直笔要这样直立，稍微斜一下都会减弱笔势等，但实际上不管直笔还是侧笔，弱的就是弱的，强的就是强的。你是个艺术性的人，就能创造出艺术品。不会因你手巧就能自由地创造出艺术，也不会因技巧产生强弱。作者的人格、作者的个性之强弱、美丑都会表现在字上，这才是产生强弱的根源，没有其他理由。这种骗人的把戏，我们应该从根本上排斥、摒弃。如果你对这种把戏感兴趣的话，你当然可以这么做，但你要明白，这样做绝对写不出刚健有力的字。

另外，关于以当代人的字为范本的习字方式，我觉得应该再考虑考虑。当年，我问过别人很多有关严谷一六翁的事，但他们都只告诉我他的书体，以及如何巧妙地模仿他那颇具特色的书体等，但没人给我说一六书体根本之处等本质问题。

他们没有把一六书体的根本教给我，但却教我如何用技巧模仿严谷一六翁的书体。为什么要强调这一点呢？且听我细细说来。很多人跟着现在的书法家习字，如果觉得我下面说的话不对，那我先跟你说一声抱歉啊。跟老师习字时用的字帖到底应该用哪个最好呢？如果知道直接学原字帖，没有"中间商"榨取，不是更好吗？也只有如此，才能学到与那些人（老师及其弟子）相当的字。想学弘法大师的字，却以模仿弘法大师的老师的字为范本学习，这种方式其实是跟着比弘法大师低级的人学习，也就是跟复制品学习，因此自己写出来的字就会更低下一层。理解了这点，也就知道了跟着原字学才是最好的。一层比一层低下，没有尽头，最终只能成为不伦不类的人。因此，若觉得王羲之的字好，就直接学王羲之；想学弘法大师的字，直接跟着弘法大师的墨迹学就行了。严谷一六翁从哪儿学到这种写法，鸣鹤翁学的又是什么等，有关这些问题，我试探着问了一六翁那里的门生，然后搞清楚他们不传外的字帖范本，后来，我就直接学那些字帖。

本来就没有比用自己的字作为字帖教别人学一事更越权的事了。这点，有良心的书法家今后必须充分谨慎。从书法家的立场上，如果觉得王羲之好，就跟学生说直接学王羲之，按照王羲之的字练习就行了。把自己的字作为范本让人学的事情，应该三思而行。

教学生画富士山前，应该先把自己画的富士山给学生确认有没有问题；画梅树时，先把自己画的梅树让学生确认有没有问题。但若要学生按着自己画的富士山、梅树来画，那就只能培养出只会画富士山或梅树的画工。而如果放任学生自己画，也可能会让他们画成最近帝展出展的那些愚蠢的作品。正确的做法是，作为老师，应该告诉学生，该省略的地方省略，该细致的地方细致，随心自由，向自然学习。

1934 年

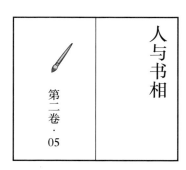

人与书相

第二卷·05

书相就是字的品相。书相非常能表现一个人的价值。那么，如何才能通过书相来看一个人的价值呢？

事实证明，人品好的人会写出品相好的字，人品不好的人就会写出品相差的字；个性强烈之人会写出个性强烈的字，个性软弱之人写的字，其笔力不可能刚健；有胆量之人，自然能留下恢宏的笔迹；而心细之人写的字则显示出完全的、彻底的、小心谨慎的书相。

世上有一种以低级趣味为生的俗人。明治以后的粗俗之字，虽然还不至于说是低俗，如西乡隆盛的字，但很难说就是优雅之字。与此极为相似的，还有山冈铁舟的字，这也应该归于粗俗一类。

头山满的字也一样，格调看似不错，但也被世人归入低俗一类。

虽是大人物，但写出的字却没有大人物书相的一类人有西园寺公、岩仓公等。西园寺公的字还有一点儿风流、优雅的特点，而岩仓公的字甚至一点儿都没有。西园寺公的字虽也可以看作是好字，但格调很小，不大胆，放不开，没霸气。在这点上，像副岛种臣那样的人一个都没有，至少德川时期可以说是一个也没有。副岛种臣的字是美术性的、艺术性的，具有独立的品位。学副岛种臣的人，比如中林梧竹，他也仅是一个可以称为书法家的写字匠，属于没有伟大人物精神内涵的一种艺人而已，不可同日而语。我一直轻蔑的是以写字为职业的书法家，他就是那些职业书法家的同类。简单地说就是缺乏内涵，毫无价值。

以前，这些大人物多与政治打交道，他们都对书法情有独钟，他们中的大多数都能写出好的字，并且以粗俗之字为耻。可如今，斗转星移，这种好的风气荡然无存，即便是以字成名的一流人物，竟然也轻视书道，这种风潮，不禁令人慨然长叹。但是也有一个例外，从前首相吉田茂的字中，或许还能看到些许坚强的意志，他最近给绪方竹虎墓碑的题字就很不错。如今政治家很多，但他们写的字无法与他们的身份、职位匹配。可以说，在书法上，吉田茂是政治家中最后一人也未尝不可。

总之，一流人物的字精彩生动，充满活气；二流人物的字则是要死不活；三流人物的字更是毫无可取之处，不值一提。因此，字以人为贵，人格卑贱之人，不可能写出值得关注之字。

1957 年

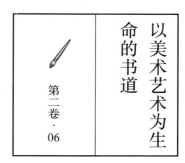

书道之好与赖，大概能直接地分成下面甲、乙两种。

乙类人即那些所谓书法家们。现如今，乙类书法家可以指经常在书道展览会上出展作品的那些人，以及所有教习字的老师，或者也可以指那些以模仿字帖字形的技巧为乐、以技巧混世的职业写家等。明治以前的有名书法家，比如日下部鸣鹤、严谷一六、中林梧竹、小野鹅堂等就属于这一类。这些人的字在外行看来都很好，但实际上都是模仿品，没有任何生命的气息，等于是行尸走肉。

而属于甲类的，与上述以技巧为本位、重视形式的书法家不同，甲类书法家不会沉迷于低级趣味，不会在那种水平上便满足。相比形式，他们重视精神；相比字形，他们重视个性；相比模仿之美，他们重视自然去雕饰之美。他们的作品，像火一样燃烧，能反映出作者崇高的人格，显示出作者的气魄，其魂魄能传进欣赏者肉身，令人联想起静默的古池春水、静谧而神秘的幽书；他们的作品是"活"的，仿佛作者活在眼前一般；他们的作品，不仅美而且内涵丰富，任何人只要看一眼便不由得感到其优雅。总之，看一眼便被其魅力深深吸引，能令人完全感到作者绝非是一个普通人——他能写出充分发挥个性的好字。一直以来，见识广的人，理所当然大多属于这类。

正因此，自古以来被看作有名、精品书法作品的，暂且不说天皇御笔，大多都是高僧翰墨，还有其他一国之主的墨迹，著名学者也多有其例，这都是同一道理。这些人身份立场虽然不同，但都是从内心出发学习而来的，都为作品注入生命。像祐笔①那样的人，最初他以写字为职业，他悉心练习，最后有了自己的风格。书（字）作为一个人的生命的表现，直率地展示出该人的人格，我们可以以此作为映照在镜子中的自己，若觉得不好，便纠错、不断反省，把此看作磨炼自己个性的方式，谦虚、谨慎地学习。书道必须要这样。我觉得，当今社会，也还是有很多人希望以上

---

① 祐笔：同"右笔"，日本武家职名，主管文书和记录。江户幕府有奥祐笔、表祐笔等职务。

述见识学习书道的。

但不幸的是，从德川初期（江户时代初期）至明治时期，能举出来的例子（良宽除外）越来越少，以至于能在艺术上讲述做人道理的指导者完全失去，书道向上的轨道被破坏殆尽，明治时期的英雄豪杰、伟人元勋，大多数都满不在乎地到处乱写恣意任性的粗俗之书（副岛伯爵除外），陷入被世人称作书盲的无底深渊，书道观最后堕落至竟然出现小野鹅堂的地步。这些人以粗俗低劣的假名进入学习院，然后不知天高地厚、厚颜无耻地侵入皇室。这种不检点之事，应该被喝令禁止。这使得今天的日本形成一种风气，全日本的女子必须会写虚荣的假名，如果不会写假名就不是淑女。

稍微做个调查就会发现，恐怕元老、大臣、将军、僧侣、学者等，大部分都没有书道修养，在这点上，说他们是落榜生也毫不过分。可以说，正确理解书道、活用书道的人几乎是没有的。而那些口口声声说要自重的人，看到他们写的字的时候你就会发现，那些字都是乱七八糟、不堪入目的。现今的国会议员的书法水平到底如何我们虽不可得知，但以前国会议员们到地方游说时，若有人希望他们能写几个字留念，他们即便挠头以表困惑，但也几乎很少拒绝，他们大胆地答应，并勇敢地挥毫，写上几个俗不可耐的文字。好多人还会落款，盖上印章，但如果看一眼他们写的那些字，就会发现十有八九都是胡乱写的粗俗烂字，实在令人哭笑不得。而这些粗俗无奈的烂字还都被挂在旅馆、集会所、官厅、警察署、地方长官的府邸里，看得我痛苦不堪。总之，这些都不是有教养的人写的字。本来他们写字的时候就毫无自信，可以说他们是厚脸皮瞎猫抓死老鼠。

总而言之，政治家们的这种举动，不论在政治上还是在军事上，除了带来迟钝之外，没有任何好结果。事实胜于雄辩。

请容许我再骂几句。我还要骂那些本应该写好字的大寺院方丈、大僧侣等。事实上，他们写的字与我上文提到的那些所谓名士写的字没有什么区别。与以前的和尚相比，相差简直太大。我甚至觉得，如今的日本人只知道挣一点儿小钱，获得物质财富，满足私欲，这使得伪君子塞满了世间的六七成空间。我不禁惊讶，世上为何会有这么多人不知世风之堕落，看不到这令人恐怖的现实。当然，肯定还有觉醒者残存人间。我衷心希望这些人能自觉奋起，再建日本，不要令明治以后英杰辈出的世道就此消亡。

总之，书道可以说是一件很难理解的事。把书道与笔法混为一谈是不正确的。我一直强调，几个世纪以来大家对作为艺术的书道一点儿没有觉醒，多数人对我说的这句话甚至很难理解。因此，有艺术性的精美书法与职业书法家作为工作写的精良书法之间的区别，总是不能明确地进入人的脑中，其实这种说法看来也很难。因此大家都满足于穷究笔法，一会儿说六朝，一会儿说某人字帖，一会儿又是唐朝呀宋朝呀的……闹腾腾地选模仿对象。有前首相犬养毅那样，夸耀着自己的字，却追求并模仿新的中国风的书法家；也有近卫那样，数典忘祖，竟然写印刷体样的字的书法家。这些人无不处于五里雾中。书法一事，如此之难，可见一斑。

确实，作为笔法，必须学会写形状好的字，对书道有兴趣的人来说这是当然的。但应该知道这其实是次要的（也可能因为我费尽唇舌地反复强调，书道精神才是首要的），努力增强自己的艺术欲望，下定决心、执着追求才是最为重要的。或许因每个人的禀赋都不相同，有些人难以理会，甚至产生书道不可解的说法。总之，技法和精神都要具有，你得做到才色兼备才行。成为一个才色兼备的人后，写字就成为你修身养性的一种重要的修行，字写得好坏就不是问题。此外，不要将职业书法家当成梦想。

苛求自己，做到刚正不阿，不断增加美感，不断习字，到一定时期人格就会像习字的副产物一样随着书法的长进而向上。正因此，练习书道虽然辛苦，但你会有所期待，而最终也会有结果。在此，你明白了什么名誉呀，金钱呀，都不是问题。你不会随随便便就去追随他人的陋习，也不会因为搜集到什么无聊的书法作品而兴奋，因此，书道的恶友、俗友都远离而去，留在你左右的，都是益友、善友。

我再说一遍，字的内涵最为重要。比如，有一个看上去很美丽的蛤蚌，不看里面的蛤肉，只看外表就说这个蛤蚌有多好多好，这种被美丽的外表迷惑的行为是不可取的。没打开之前，你什么情况都不了解，里面的蛤肉可能是丰满美味的，也可能是干瘦难吃的，可能已"死"了，也可能腐烂了。对习字的人来说，不能写蛤蚌外表的那种字，因为这样写的字，就像蛤肉干瘪、外表好看的蛤蚌一样无用。无论如何，要做蛤肉丰满美味的蛤蚌，要写有内涵的好字，要把这点铭记于心。不管是看古人的字，还是欣赏今人的字，都要尽量看内涵，不要吝惜批判的目光，努力达到若不能历练内涵，便不能原谅自己的良心之境地。如此一来，你所写的字，自然便会以内涵为主。

在书道上，我一直苦苦追求的就是有趣和有结果。

1946 年

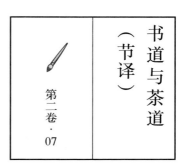

书道与茶道
（节译）

第二卷·07

今天我想跟大家说说茶的事情。为什么要说茶的事情？因为茶人的字都写得很好。大家也知道，而且在家里可能也都学过。

世人经常说茶道如何如何，茶人如何如何，但我觉得很困惑的是，若有什么怪事情，大家也都会随意就说那是茶人所致。对此我觉得很遗憾。这是对茶的事情很懂才会那么说，还是因为世人都那么说自己只是随大流而说？如果只是随大流随便一说，那么就说明有能令人随大流那么随便说的原因存在。我觉得，原因就在于如今的茶人不究茶道，只沉迷于点茶技术，所以才使普通人有了如此错误的认识。

茶道与点茶有着根本的区别，点茶只是茶道的一部分。若把茶道比作一座雄伟的建筑，那么点茶就是其中的一个具体行为，比如刨木头、夯地基等，是世人知道茶道的一个契机。也不知从何时起，茶道这种高尚的、娴雅的学问，现代人的头脑已经承受不了，只知道冒渎茶道，只对点茶一事穷讲究。

茶人都是非常有雅趣的，其雅趣主要就是对美的追求。大凡与美、与雅趣有关的事，任何事，从小到大，皆是茶道，而且与此有关的人，也有很多很了不起的人，是具有能够统领一世的才能的伟大人物。而与茶道相关的人，没有轻薄浅显的人。只看这一点，我们就不能轻视茶道。

以前的茶人对事物的美丑拥有敏锐的嗅觉。比如说，有一座庭院，他们一看就知道这块地这儿好、那儿不好，怎么做才能好。例如，如果庭院的这棵树太粗，那块石头不好，与周围环境不调和，他们一定会好好动脑子，建造出一个美的庭院。他们有着这种才能。

大家都知道，关西一带有很多特别有名的庭院。比如，桂离宫、聚乐园就是著名茶人远州造的，他还在二条城内立了许多武家喜爱的石头，造了很奇特的庭院。其他茶人也造了很多庭院，但我估计他们建造的每一座庭院都与茶道有关。若不是与茶道有关，就不可能造出好的庭院，远州的庭院就是与茶有关的好的庭院。

茶人也懂木材。建房子时，他们知道如何选择木材，而不是只选用贵重木材。所谓好木材，不是那些高价的木材，而是知道需要相应的木材，然后选用最为合适的好木材。茶人能建造非常合适、与自然调和的家屋。在建造的过程中，茶人极其讲究寸法，他们对尺寸要求极严。因为生活习惯已经不同，今日寸法的地位可能有所下降，人们可能会觉得天顶太低，或者屋顶太矮，他们会说这也不好那也不好。这是因为批判的人所处的立场不同，学问也不同，因此会说这道那的。但若能进入茶道，能弄懂茶道，估计谁都会被这些传统技法感动。

茶人也都非常精通书画。弘法大师、传教大师等人传下的墨迹，其他名人流传下来的、精湛的墨迹，对这些墨迹进行鉴赏的人，一直都是茶人。茶人对墨迹鉴赏的范围非常大，会涉及很多东西。就书法来说，他们知道好字就是好字，有鉴赏任何形式的精美书法的能力。他们也有鉴赏绘画的能力，而且鉴赏的能力非常彻底，不会简单受到其他外力的影响。茶人也知道织物，懂得纸张，并且擅长搭配与调和。贵重的不一定就是好的，调和最为重要，搭配不好则不可。此外，他们对挂轴的尺寸也很讲究。就拿地轴的轴头来说，是象牙头好还是木轴头好，这绝不能马虎大意，必须调和好，这里有着非常不凡的学问。

至于茶人的书法，我从未听到过，迄今为止估计在书道会等场合都从未被人关注过。或许会有人用轻蔑的眼光，蔑视地说："什么呀，这就是茶人的字？"总之，在书道会应该没有人把茶人的字当作好字来看。但是，要说书道会的人到底有多少雅美的趣味，估计他们也只会以普通人为受众，做几首简单的汉诗，赏玩幼稚的绘画，仅此而已。

　　不论绘画还是书法，好作品就是好作品。很多书法家讲究风格流派，例如，认为整体性好的字好，排列整齐有序的字好，线条粗的字好等，这些评价在我看来都是根据风格流派所说的话，用他们的话说就是："还是唐人风格的字好。"我多次说过，不追崇风格流派的，就是茶人的书法，他们的字不牵扯什么风格流派，或者说他们牵扯的是"随意"，这一点值得我们关注。茶人并不注意是否要写好，他们也不是为了博取人们的赞赏才习字，他们写的是铭刻在心的字。茶人知道，习字只是为了自己修身养性。他们达到了雅美娴静的境界，所以能悟到这一点。也就是说，他们没有了俗欲。基于此，千利休也写出了不错的字。丰臣秀吉的字也很有气势，其线条柔和、笔画粗壮、笔法娴熟，没有任何恼人之处。我再强调一次，秀吉的字实在是稳重，没有任何色相，但却水灵生动，非常天真。桃山艺术熏陶出的人物，到底有雅趣。

　　那么，茶人们到底写什么样的字呢？技巧高超的我就不说了，只说一般的。一般的字打眼一看其实都非常难看，但你要是不留神观察，那你就真的难堪了。茶人这个水平的雅趣之人，不可能写难看的字。也就是说，他们本身没有难看与好看的意识，只是安心写字而已。相反的，茶人以外的人，却是为写好字而心安理得地写出难看的字。从茶人的生活来看，茶人绝没把写字等闲视之。事实上，他们崇尚精湛的墨迹。如果打眼一看你觉得茶人的字很难看，认为他们不过如此，那是你的感觉有问题。对茶人的字不应轻视，应该充分关注。

能不能把在形式上写好字的想法完全忘掉？不完全忘掉这种想法，就不可能写出好字。像三流书法家那样，咬紧牙关，无论如何要写出某种字形，无论如何要写出某种撇捺点，太矫揉造作，真是没有意思。还是多看看茶人的字吧，多看茶人的字会对你有所裨益。茶人的字本来就是纯粹的日本趣味。自足利①以来，任何什么事物，无不被茶道所支配着。因为没有超越茶道的娴雅学问。

字即便写得不好，也要悠然地书写，这其实是一种没有杂念的傲人行为。如果产生要写好某种字体的想法，你的习字便有了一种野心，其结果便会写出粗俗的字。即使你写得再好，也没什么意思，这是吃力不讨好的。

一般来说，茶人的字都不好看。但看得多了，就会看出那是"人"写的字，不是手写的字。即使字不好看，也要去看名人的字，所以我今天说了茶人的字。

言已至此，意犹未尽，让各位见笑了。

1946 年

————————

① 足利：指足利幕府，亦称室町幕府（1336—1573）。

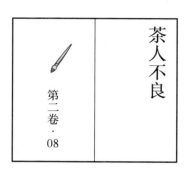

茶人不良

第二卷·08

　　再也没有比茶人更令人厌恶的群体了。茶人在茶席上互相吹捧、互相慰藉，但只要对方一出门，就立马在背后说对方的坏话。而且，茶人点的茶从没有好喝的。

　　我从不吹捧人。不但不吹捧，可能说起坏话来比茶人还难听。但我哪怕在对方的面前，也同样说他的坏话。不好就是不好，我会直话直说。我不会在对方面前吹捧对方，却在背后骂对方。

　　茶人这种人的良心和语言，为何如此表里不一呢？说来也是，茶道流派分表千家和里千家，因此有表里之分也是理所当然的。而且，他们在背后说别人坏话，自己心里也绝对不可能舒服；他们听到别人说的坏话，他们心里肯定更不舒服。他们无疑在心里也反省，知道如此下去茶道就完全堕落了。但长久以来，他们却乐此不疲，未能停止，这非常说明他们是一群不良之人。

关于"不良"，比较常见的说法有不良少年、不良少女等。不良指的并不是做坏事的人。如果做了坏事却没有人谴责处罚的话，任谁也都会去做坏事。所以说，不良指的不是做坏事的人，而是指知道事情不好，也想不做，但却还是去做的意志薄弱的人。

茶人肯定也知道点难喝的茶、乱夸耀茶具、在背后说别人坏话等，于茶道来说是歪门邪道，但即使知道他们也控制不住自己，这说明茶人是一群不良之人，是一群意志薄弱的可怜人。

用说别人的坏话来掩饰自己的弱点，在茶席上用华丽的辞藻没有底线地吹捧对方，眼睛一直盯着对方，看对方是否有什么问题，是否有什么没做好……对此，我想说，我们能不能做一个在别人面前有话直说，不互相伤害，能互相慰藉的良民呢？

茶道好，但表里不一的茶人令人生厌。这到底是恶习，还是坏毛病呢？难道说这就是茶道的传统吗？

总之，现今茶道的所有问题都是由此引起的。造成这种局面的责任都在现今的茶道指导者身上。如今的茶道不追求极致，庸庸碌碌，陷入了深坑。

任何事情，一知半解都是要栽跟头的。


1952 年

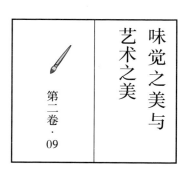

味觉之美与
艺术之美

第二卷·
09

　　世上万物天造就。所谓天日之下无新物，不外乎是此意。人能做的，不过是如何吸取自然，把自然天成的事物，如何为人世所活用而已。而且，即便如此，想做到也是不容易的。很多人以为自己是吸取自然，其实是破坏了自然；很多人以为自己活用了自然天成之美，其实是杀死了自然天成之美。唯有极少数被称作稀世天才之人，才会直视自然，抓住那一点点天成之美。

　　因此，我们首要的便是必须培养自己观察自然的眼力。不如此、则不可能创造出好的艺术；不如此，则不可能写出好字。绘画当然也是如此，甚至可以说，其他一切之美，非如此则不可为。

　　就拿美食来说，比方有一根萝卜，如果这根萝卜是刚从地里拔出来的新鲜萝卜，那么不论你是简单煮着吃，还是弄成萝卜泥吃，毫无疑问都是美味的。而如果这根萝卜是放了很长时间的萝卜，那么不论多么有名有才的料理人，也不论他下多大的功夫，多么用心，也做不出萝卜原有的天然美味。因为天然的萝卜美味，除了新鲜萝卜拥有，别处求之而不可得。

又比如一枝花。如果这枝花是刚开的鲜花，那么即便随意放到你面前，那也是美丽无比的。相反，如果是一枝已经枯萎凋谢的花，那么即便是一个多么有名的插花名人，使用如何有名的花器，也不可能令人感到天然的美。因为人工、人为，总是不可能取代天工之美。

如上所述，美的源泉是自然，美味的源泉同样也是自然。这是一个非常简单的道理，这方面的例子不胜枚举。但如此简单的道理，很多人却不懂，因此做出许多无益的努力。就拿做菜来说，或多用雕虫小技，或多加调味料；拿画画来说，或卖弄技巧、修图整形，或堆砌、滥用颜料等。

若论料理的技术，或绘画的技巧，现代人要多少有多少。但是，我敢断言现代无画家、无料理人，因为我认为现代无人能抓到那种自然界本身所具有的美。对于这点，要说的话还很多，在此先略去不提。总之，一定得先从发现自然之美开始学。

既然如此，我们就会产生一个疑问，能不能说只要是自然的，所有的都是美的？只要是自然的，任何东西都是美味的？我的回答是，世上再也没有比自然更不可思议、更玄妙的事物了。自然好像有一定的目的，又好像没有任何目的。天洒下光亮，给予温暖，降下雨露，育成草木……在这个过程中，你不由自主地想，自然会不会有某种目的？然而，天有时又会电闪雷鸣，把历经数百年岁月洗礼的老树瞬间击毁。促成树木生长的是自然，而令树木枯死的也是自然。给予人类智慧，令人类能够生存的是自然，而使人发动诸如战争之类的破坏行为的也是自然。因此，自然的目的是什么，自然想要搞什么，都不是我们人所能推测而出的。

我们能做的，只是悟出涉及自然之力的存在，仅此而已。我们能在这世上生存，是自然的力量所致，而死去，也是自然的力量所致。这便是我们无可奈何的、无能为力的严酷现实。这便是自然，也可以称作命运。话扯得有些远了。诸如此类问题，以后有机会我再说。当下我要说的，只是自然天成的优劣。

前面我说过，首先应该修炼观察自然之眼。换句话说，就是要能看出自然之美。虽说自然是美的源泉，但自然本身，既有美，也有丑，既可能是美味的，也可能是难吃的。

此处所说美或者美味，当然是出于我们人类的感受判断而来的，对自然本身来说，毫无疑问都具有同等价值。这些暂且不说了，就比如萝卜，同样是萝卜，因为种类不同，或者生长的土壤不同，就会产生美味与否的区别。那么，作为一个料理人，如果你想做美味的料理，首先你应该要最大限度地发挥萝卜本身所具有的美味，因此就有必要入手最新鲜的萝卜；其次，你要选择品种优良的萝卜。

如此说来，所有好的东西，可以说都是源于自然。换句话说，也可以无为，只要自然环境好，那么在该环境中生长的所有东西都好。我为什么要这么说呢？

虽然我不是特意如此思考，下面我就说一说思考至如此地步的经过。我喜好吃美味的食物。从很早以前开始，只要力所能及，只要条件允许，我总要吃着美味的食物。因为喜爱古代美术，也是只要力所能及，便尝试鉴赏最好的古代美术品。我因为喜爱书法，同样也是只要力所能及，一直要看最好的书法作品。其他，不论是建筑，还是其他美好的事物，凡是美化我们生活的，只要力所能及，我都尽可能涉猎。一开始，我被各种外国的艺术魅惑，但随着阅历和鉴赏能力的提升，我发现我还是最爱日本的。不论是书法，还是绘画，还是陶瓷、料理、建筑、音乐、花卉、庭园等，所有方面都可以如是说。

我认为，这是因为日本在地球上享受着得天独厚的自然恩惠之故。我们不得不承认，日本人正是在得天独厚的地理环境中成长，才培养出如此优秀的艺术。日本的自然条件——气候、风土等，冠绝世界，这一点也不用我在此强调，而日本人的优秀素质的养成，也无疑应该归入这种天赐的结果。日本山清水秀，而且四周还有蓝海环绕，气候被温和调节，大地被肥沃滋润，不论从哪一点来说，对生物来说都是很好的，这就是具有得天独厚自然条件的日本。总之，经过漫长岁月的孕育，在这种得天独厚的自然中，自然地，日本人具有了优秀品质。

如上所述，即便是一朵花，都富有韵味。在如此优异环境中一直追求美的艺术，便是内涵丰富的艺术，这一点是理所当然、毋庸置疑的。

因此，在内容美这一点上，日本是出类拔萃的。美国的杉木，不论多高多壮，木纹多整齐，打眼看多么漂亮，但与日本的杉木所具有的长处简直不能相比。所有的都是如此，其源泉便是日本有着得天独厚的自然条件。

这是我很早之前便赞美日本的理由。

1935 年

第三卷

我的人生是一天到晚只吃美味的食物

我只要认准一个地方，
那就一定要吃到自己的舌尖彻底佩服为止。

出色的人做的事
也会是出色的

第三卷·01

:: 我的日常

　　虽然不是多么了不起的山，但我却在这山中朝夕起居30多年，过着几乎没有社交的生活。不过本人有个毛病，有时像快艇一样，不由得要急速向前冲。

　　不是自吹，要做某件事时，为了超速推进，周围帮忙的人可能已经都忙活得上气不接下气了，但在本人看来却都是迟钝得令人难以忍受。首先，他们的精神状态看着就不好。仔细想想那理由，不外乎是不像本人这样尽量多睡，而且日常也不像本人这样摄取有营养的食物，再就是总陷入无聊的凡物俗事中不能自拔。与凡事追求雅致精美的本人的生活相比，看起来是另一个世界。

像本人这样热爱自由的人，怎么想都是不可能加入某个组织中的。所谓共同策划、共同经营等，与本人都是没有缘分的。

就拿日常的食物来说，在我看来，大部分人都像家畜一样，只是用食物简单地填饱肚子，摄取营养而已。大部分人都是吃着妻女凑合做的饭、料理人凑合做的菜肴，仅这些就觉得很满足，凑合着过着日子。

本人看着这些情况非常吃惊，仅就饮食一事来说，世间怎么会有这么多人如此迟钝？对自己真正喜爱的食物几乎没有自觉。

他们都不知道，人也能像山鸟野兽那样从这枝头到那山间，专心致志只找自己喜爱吃的食物吃，有如此摄取营养的自由。也不知道是从什么时候开始，人在这点上与家畜几乎没有区别。

本人觉得，那些凑合的食物，并不能满足我们身体每日所需要的营养。这些与本人70年的美食生活，只用自己打心底喜爱的食物作为营养来增进健康的生活完全不同。本人喜爱的这些食物从来不受便宜贵贱、有名无名等限制。

我确信只有这样才能完全摄取适合自己的营养，才能保持自己健康的人生。其证据是已经到了被人看作白头翁的今日，本人从未生病。世间那些疾病与本人毫无关系。想吃什么就吃什么，想睡多长时间就睡多长时间，与野鸟自然的生活非常相似，这就是本人的日常。

早睡迟起，喜欢午睡，每天至少睡 8 个小时以上，甚至 12 个小时。醒来后却做常人几倍的事情。每天第一个泡进自家的浴盆，从浴盆出来后马上痛饮几小瓶啤酒。住在近乎无人的山间别墅里。映入眼中的是没有修饰的原汁原味的自然山野，家中到处都是近乎最高艺术水准的古董、古代美术，以及家犬、老猫、鸡和鸭。四周野鸟悠闲地觅食。你看，本人周围对本人健康有害的东西没有一个。本人的健康，也许就是从这些地方培育出来的。

　　当然，没有父母，没有妻室，没有子女，是一种孤独的生活。这可能也是世上少见的。本人能随心所欲、天马行空，就是因为没有任何能束缚本人的东西。如果有了父母姊妹妻子儿女，那就免不了要过"妥协"的生活。

　　穷途潦倒的浪人不会按家庭的方式过活，也不可能随心所欲地生活，更不可能挑选食物，只吃自己喜欢吃的东西。

　　说到这儿，野兽和山鸟的生活相比人间，它们的自由欢乐，是我们凡人无法想象的。它们自然也没有人的那些疾病。

　　我希望能像山鸟那样朴素自然地生活，能像山鸟那样日出而醒，日落而眠……


1959 年

:: 等同寻常

有一天，有一位经朋友介绍的人来访。

客人见到我，立马抓住我就问："先生，请您告诉我料理的真谛在哪里？"

我脱口而答说："为吃而做。"

客人满脸迷惑不解，又问："为吃而做吗，先生，那么人为什么要吃呢？"

我答："当然是为了活啊！"

客人继续问："那为什么要活呢？"

我答："为了死啊！"

客人惊呼："先生，您这简直就是佛门回答呀！"

我笑着说："因为你问的都是难解的问题嘛。料理的真谛……你问的太难了啊。你要是简单地问不是更好吗？看起来，你好像觉得不用难解的词语就不能问出真意，就不能得到正当的回答。"

客人急忙说："不是不是，不是那个意思……那，我用普通的语言问，先生能真心回答我吗？"

我说："嗯，要是用普通的话问，当然就普通地回答喽。"

客人听后还是很急："我不是要问普通的事情。先生，我想问真实的事情。"

我回答："普通的事情就是真实的事情。你没有看到事情真实的一面，所以看错了。耳朵常常不喜欢听真话，舌头也不知道真味，所以常常被欺骗。手不做极普通的事，所以会被菜刀切伤。"

"嗯，好像明白了，又好像没明白。"

"就是的，极普通的事情其实是很难理解的。但也不是，其实是不想理解。哈哈哈……你如果还想问别的问题，我最近就要出版一本书，你看看就知道答案了。在那本书里，我只写了极普通的事情。可能你想问的那上面都有。"

"是吗？那我一定要好好看了。"

客人临走时，要我给他写个字，想挂到自家的玄关。我就按客人的要求，拿起纸板和笔。

客人再次提醒我："是要挂在玄关的。"

所以我就写了"玄关"两个字给他。

客人皱着眉头问："先生，您就写'玄关'这两个字吗？"

"对。"

客人好像想说什么，但张了张口什么也没说就走了。

究竟是此玄关还是彼玄关呢？刚才这位客人不知道我写的"玄关"是给房屋入口、厕所换鞋处，或是放东西的地方的玄关。如果不是这回事，他也不会那样绕着弯子问问题。为了刚才这位客人，也为了去拜访这位客人的客人不会搞错，我关心他才给他写了"玄关"二字。

树木也是如此，原本种植在阴面的，如果移到阳面，或者喜沙土的树木被种到红土中，都是很可怜的。料理更是如此，烤着最好吃的东西你却坚持要煮着吃，刺身最能发挥自身美味的你却一定要烤着吃。

我刚才跟客人说为了吃才做料理，但这个"做"并不是为了给马给牛吃才做的。你是不是觉得越费精力调理越好？是不是觉得越贵的料理越高级？也不尽然。

我想说的话有很多，而我说的这些，其实不过就是料理的"玄关"而已。但是各位，如果是去拜访先生，那么应该堂堂正正地从"玄关"进去。如承蒙被带进"玄关"，也就是你走进廊道见主人，那你就应该敢于说自己内心的话。

我这本小书，即使没有写玄关里面的，但是也是招呼你进玄关的，所以你应该用你自己的眼睛看，用你自己的耳朵仔细听，用你自己的舌尖仔细品尝。而如果诸君因此能用哪怕暂时的、非战后型的头脑来思考问题、享受生活的话，我也就很荣幸了。

1953 年

## :: 饥不辨食

回想起来，以前连续好几天去江州①吃鸭子。说起鸭子，大部分人都觉得鸭子比鸡好吃，我也一直这么觉得。听别人说江州鸭子好吃，是那一带的名产，所以我就去吃了。没想到一去就是10天左右。每天光吃鸭子，但是吃了也没有觉得特别好吃，当然也没觉得特别不好吃。一直吃着吃着，直到有一天，突然换口味吃了鸡，我惊讶地发现，鸡比鸭好吃不知多少倍。我都后悔自己吃鸭了。

所以说，如果不亲自吃不亲自尝，你是不会知道食物的味道的。但是，最近有些自称美食家的人写有关美食的书，实际上很多人并没吃过就提笔写——以前的人是怎么吃野猪的，中国字是怎么写的，荞麦属于什么科的植物，怎么擀荞麦面等，他们装模作样好像什么都知道，事实是可能连荞麦面都没有真正品味过。但也不足为奇，因为这些问题一查就知道答案了，刚才提到的天妇罗也是这样的。说什么天金②的天妇罗左好右好，你问他："天

---

① 江州：近江的别称。近江为现滋贺县一带，有日本最大淡水湖琵琶湖。

② 天金：有名的天妇罗店。明治年间创业，位于神奈川县镰仓市雪下。文人墨客多有造访。

金的天妇罗到底吃过几次？"他回答："没怎么吃过。"都没吃过，竟然还敢说天金的天妇罗是用榧籽油炸的，所以好吃？说的倒比吃的像。很多人都是道听途说，听人家一说"天妇罗是用榧籽油炸的"，他就以为榧籽油是什么很高贵的油，其实榧籽油反而是一种很便宜的食用油。那么，为什么榧籽油、榧籽油的宣传会是这个结果呢？

中国的先贤很早以前就说过，饥不辨食①。意思是说，知道吃的人很多，但是懂得吃的人却不多，看来此言不虚。

我可是一路吃过来的，而且从小就有一个直盯盯观察食物味道的毛病。怎么说呢，就是一种尽兴吃的好心情。然而现实情况是，想吃东西，没有钱你是吃不成的。我是一个不名一文的书生，不可能随心所欲想吃什么就能吃什么，但在吃这件事上，我有一件有趣的事情可以与大家分享。

二十一二岁的时候，我在一家公司做职员。有一个科长（后来成了资生堂高管），他经常跟我们一起吃午饭。我们年轻人没有钱，自然不可能吃什么好东西，没想到科长竟然也跟我们吃一样的东西。我百思不得其解。我觉得他肯定是晚上去吃那些好吃的东西。不过即使在那个时候，我也是比较讲究的。我中午经常

———————————————

① 原文如此。

吃豆腐。豆腐又便宜又好吃。吃豆腐用的酱油是我在家里准备好之后，自己带去的。当然，如果只是吃豆腐那也就没有什么好说的。但我用来盛豆腐的碟子，却是当时被称作钻石刻花的刻花红玻璃器，真的非常好看。把豆腐放在那红色的"钻石刻花"玻璃器皿中吃，看起来就精美诱人。所以有一天，科长说我，你其实很奢侈。我就反驳，我哪儿奢侈了，豆腐才值几个钱，我可能比谁吃的都便宜。事实上就是很便宜啊。不过，豆腐是便宜，可是盛豆腐的食器，却是个艺术品，所以在别人看来，简直就是奢侈，而且连你吃的东西看起来也非常好吃了。所以科长说，豆腐便宜是便宜，但是你盛豆腐的那碟子，多么漂亮，这就是奢侈嘛。现在想想，他真是多管闲事，但是他当时就是这么说的。

我当时呢，说了一句谎话，我说您说的这个钻石刻花碟子可能确实奢华，但这只是我家祖传的碟子，我没有别的碟子，只能用这个盛豆腐。但实际上，那个钻石刻花的红玻璃器皿，是我积攒那么一点儿可怜的零用钱，花了与当时自己的身份很不匹配的大价钱买的，所以我那个狡辩是胡说的，当然科长也没再说什么了。我的意思是，吃东西的时候，即使没有什么好东西，也要表现得风流一些。吃豆腐被人说奢侈，可能也只有我一个人吧。

提起风流，当时有一个风流人物叫冈本可亭。此人是冈本一平①的父亲，当时我被他带去入谷②看喇叭花，去团子坂③看菊花。喇叭花之类的，京都的早就很有名了，对于看过京都喇叭花的我来说，入谷的喇叭花简直是无聊透顶。但当时的所谓风流之人都去这些地方看花，往回走的时候都要绕道去根岸④的"笹乃雪⑤"。虽然我年轻，但因为多少懂一些风流，所以也被带着去了。在那里，就吃上了那有名的笹乃雪的挂卤豆腐。这挂卤豆腐很小，二三十个也就一下子吃完了。有些人会吹牛说自己一次吃五六十个。从那以后，我自己一个人也经常去吃。我只要认准一个地方，那就一定要吃到自己的舌尖彻底佩服为止。因此我的工资，就这样全部吃掉了。所以朋友中有人很羡慕我……

1935 年

---

① 冈本一平（1886—1948）：生于北海道，漫画家、作词家。其父为冈本可亭（1858—1919），又名冈本良信、竹二郎，是著名的书法家。

② 入谷：地名，在东京都台东区，距离上野很近。每年 7 月有喇叭花节（日语：入谷朝颜祭）。

③ 团子坂：地名，在东京都文京区。团子坂的菊花展很有名，始于江户时代。

④ 根岸：地名，在东京都台东区。

⑤ 笹乃雪：著名的豆腐料理店，位于东京都台东区根岸，有 320 多年历史。

## ::　日本料理的基本观念

我们若去某地旅行，就不得不吃火车上的便当或旅馆的料理，那些食物，简直难吃到令人无言以对。那些所谓料理，真的算不上是日本料理。西洋料理的话多少还能吃下去一点儿，这么说是因为，相比之下西洋料理比较简单，做法比较简单，内涵也比较单纯，只要简单学一下，谁都会来两下子。但日本料理却没有那么简单。日本料理雇佣专门的料理人，即使每天从早到晚跟他们说话说得口干舌燥，也不一定就能让他们做出好的料理来。但如果把日本料理做好了，那料理就会合我们任何一个日本人的嗜好，就会完全合我们的口味。但这种恰到好处的合口，却是很不容易的。

我们不论多么费尽口舌说，料理人也都心不在焉、充耳不闻。趁此机会，我想给在座的大家讲一讲，尤其是料理人，应该认真听一听。

经常听到有人问：几岁的孩子吃什么好、什么料理更适合小孩等此类问题。由于此类为平凡的料理，不在我要说的范围。这种萝卜与那种萝卜哪种好，这种水与那种水哪种好等，这种微妙的问题才是我们应该涉及的。比如紫菜，哪种紫菜最好，我们要进行比较和讨论。再比如，就拿一流料理店的刺身和酱油来说，每家都不一样，我们要做的就是能区别这些。做这种事似乎有些失礼，但如果想从美食的角度出发，说一说奢侈，也确属最高级的奢侈，那这些问题是避免不了的。

以上所言，请大家多包涵。


### 料理就是调理食料

字如其意，料理就是调理食料之意，这里有很深的内涵，所以不合理不行。处理诸事要合理。"割烹"只是切割和烹调的意思，还不能说就是调理食料。料理一事，最终就是调理食料，不能仅凭蛮力，不顾自然法则强行烹制。

真正美味的料理，是不可能一蹴而就的。看到隔壁的人做的饭菜好吃，自己也来试着做做，诸如此类的，显然是不行的。不是打心里喜欢，不具有能分辨美味的舌尖，是不可能做出美味料理的。


### 料理要诊断对象

不能强行让别人喜欢自己的料理。要多考虑对方，就像医生诊断患者病情后再投药一样，料理人提供的料理也必须合乎食客的口味。这就需要下功夫了。就像医生能看出患者的病情一样，料理人也要能看出食客的口味，不论对方是男是女、是老是少，都得满足对方的味觉要求。食客是否空腹，此前吃过何种料理，食量多少，质量如何，平常过着何种生活，此时的身体状况又是如何等，都必须考虑在内。为此，没有相当的料理体验是不行的。

不论甜、咸，甜有甜的美味，咸有咸的美味，任何味道都要合乎食客的嗜好，也就是说，不能违背自然的味道。因此，不能只是看着好看。当然，料理也不能只是舌尖觉得美味就行。还应该准备不同色彩的食物，以改变视觉效果，也就是说诉求于全部感觉，令感官全体满足，使其产生料理美味的总体感觉。

要成为名厨，与想成为名医，同样是很不容易的。

原材料第一 ——挑选食材

以鸡为例，鸡龄适中、体型中等的肉鸡为好，能真正尝出其味的，就是这种食材。真鲷鱼也是，四五百文的最好吃，一贯钱或一贯钱以上的，味道就非常粗俗了。即便味道粗俗，但如果这种真鲷鱼头做成蒸鱼头，也还是很不错的。虽然和体型小的鲷鱼比起来，还是不太好吃。体型大的鱼，其形状和颜色虽然好，给人很值钱的感觉，但味道却不值一提。可是虽说体型小的鱼味道好，那是不是就全用小的？我说过很多次了，只那样也不行。什么事情都不是那么简单的。诸如此类的任何事情，不仅都应该全部知道，还要勤修苦练，然后随机应变，适当处理。

本来美味的食材，其美味与否就是依赖于食材本身好坏。食材不好，不论料理人水平如何高超，也不可能做出美味的料理来。例如芋头，要是硬邦邦的芋头，不论你如何蒸煮，哪怕你是多么了不起的料理人，也没办法做好吃。鱼也是一样，没有脂肪的鱼，那真是不管你是烤还是烧，或者蒸煮，就算你抹上黄油，涂上海胆酱，总之，不论你如何调理，都无法调理出美味。所以说，挑选好的食材对做好料理来说是多么重要！挑选食材，本是一件很不容易的事，但只要多加训练，涵养眼光，凭直觉也还是可以做到的。拿到不好的食材，若觉得随便弄一弄也能做个差不多的料理，持有这种想法的话，那你是绝对做不出好料理的。

不可"杀"食材原味

不杀食材原汁原味，是做好料理的窍门之一。黄瓜有黄瓜的味道，蚕豆有蚕豆的味道，所有食材都有它独特的味道，因此在调理过程中必须想办法保留食材原有的味道。就拿小芋头来说，人工是无论如何都做不出来小芋头那种天然的味道的。利用食材的原味，简单说就是选用上好的新鲜食材。比如说要做汤豆腐，就一定要找到上好的豆腐。没有上好的豆腐，只讲究什么酱油、配料等调料，就算你再讲究，也做不出美味的汤豆腐。当然这些也不是说不需要讲究，但这些都是次要的讲究，而最为重要的，首先要讲究的，就是选用上好的食材。精选上好食材，并且不抹杀食材原味。食材原有的味道，是人工所不可为的，应该尊重。


刨鲣鱼花以及制作高汤的秘诀

好的料理需要高汤。高汤一般都用鲣鱼（木鱼）刨花制作，虽然东京一带很少用昆布制作，但高汤最好还是用这两种食材。那么，我就必须讲一讲到底何种昆布好、何种鲣鱼刨花好了。东京一般很少用昆布做高汤，但请一定用昆布和鲣鱼刨花做高汤，且应分别使用。不论昆布还是鲣鱼，用别人送的土特产，或家里随便搜罗出来的，都没意思。

如何挑选上好的鲣鱼？如何刨削鲣鱼刨花？简单来说就是，双手拿着鲣鱼，让它们相击，击不出响板清脆的响声则为次等。如果只能发出有虫眼的木材那样"啪嗒啪嗒"的声音，且有潮湿气味的话，那也是不行的。

在座的各位家里有没有刨子？若你家的刨子不锋利，那就刨不出上好的鲣鱼刨花。要是刀刃生锈，或刀刃不锋利，只能用蛮力"嘎吱嘎吱"地刨，那即使价值不菲的鲣鱼，也会被你刨成一文不值的鲣鱼花。

刨成什么样的鲣鱼刨花才能做成上好高汤呢？我告诉你，上等的鲣鱼刨花一定要薄如蝉翼、亮如玻璃。如果不是这样的鲣鱼刨花，那就不可能制作出上好的高汤。刨得不好的鲣鱼刨花，只能做出没有生气的高汤。要制作有生气的、上好的高汤，就必须要有一台高级的、锋利的刨刀。制作高汤时，在咕嘟咕嘟烧开的水里，把鲣鱼刨花哗啦一下放进去，瞬间捞出来，这样就能做出上好的高汤。而如果一直在开水里咕嘟咕嘟煮，反而会破坏高汤的味道，做不出上好的高汤。不能把上好高汤做成所谓的杂味高汤。因此，我希望各位能有一台刨刀锋利、刨台平展光滑的刨刀。刨出薄如蝉翼的鲣鱼刨花，不但很经济，还能做出上好的高汤。如果用钝刃刨刀"嘎吱嘎吱"地刨鲣鱼，就只会浪费鲣鱼，即使是上等的鲣鱼也被你糟蹋成只值 50 文了。我觉得世上好多人都在做这种很矛盾的事。

东京一带甚至连饭馆的厨师都不太知道昆布可以用来制作高汤，这大概是因为在东京没有使用昆布的习惯吧。昆布高汤，其实很不错，特别是做鲜鱼料理时，非昆布高汤不可。鲜鱼料理若用鲣鱼做高汤，则会变成双重鱼味，这是非常不好的。如果是双重味道，则口感很重，不是好料理。用昆布制作高汤，是古京都一带发明的。大家都知道，京都是千年古都，北海道产的昆布，被运到遥远的京都，京都位于群山中，是山地地形，出于实际的需要，最后发展成用昆布制作高汤。

那么，怎么用昆布制作高汤呢？首先，用水沾湿昆布，放3~5 分钟，等昆布表面湿润后，要不动声色，用轻柔的流水洗昆布表面，用指腹轻柔地抚摸昆布，"哄骗"着昆布，洗掉昆布表面的沙粒和脏污，而不是用龙头水哗啦啦地冲洗。接着，把洗好的昆布倏地从滚水里过一遍。仅此足矣。也许你会怀疑就这倏地一下是不是真的就能做出高汤，是的，就这倏地一下，确实就能做出上好的昆布高汤。至于分量到底要多少，只要你实践一下，马上就能知道了。做真鲷鱼潮煮<sup>①</sup>等时，绝对要用这种高汤，其他的不行。

要是觉得把昆布只从开水里过一下就拉出来可惜，那倒不必，你可以换个思路想，昆布在水里煮久了，昆布里含的甜味就会煮出来，那就绝对做不出漂亮、潇洒的高汤。京都一带称之为拉昆布，指的就是把昆布从一边的锅沿放入开水，穿过锅底，从另一边锅沿拉出来。只要这么做，不论多么爱挑剔的美食家，其美味都能令他们哑口无言。

好料理不能用"味之素"（味精）

味之素近年被宣传得厉害，但我不喜欢味之素。

如果料理人因为懒得下功夫，但又为了口味，于是就大量使用，其结果只会是糟蹋食物，给口感带来灾难。我们根本就不应

---

① 潮煮：一种日本料理。水煮大块鱼肉，仅用盐调味。

该在厨房里放味之素。

味之素对某些家常菜来说也许还是需要的，但对于上等的料理来说是不需要的。就目前的情况而言，做高级料理时，应该尽量不要用味之素。从我的经验上来说，无论如何，就上等料理、高级料理而言，味之素口味低级，而且不安定。自家制作高汤时，用昆布（海带）或者鲣鱼刨花调味最好。

### 应尽最大努力使用新鲜蔬菜

蔬菜类料理深受年龄比较大的人喜爱。蔬菜料理很健康，对身体来说非常有帮助。

我在镰仓烧陶瓷器时，在那里有一点菜地，不论是萝卜、芋头，还是大葱，我都只吃刚从地里拔出来的。这种刚拔出土的蔬菜，好吃到令你立马就能感到品质不同。拔出来只要稍放一段时间，毫无疑问味道就会变差。在东京当然做不到，但在镰仓，即便让客人等，不到上菜三四十分钟前，我也绝不从地里拔菜。

做芋头，如果挖出、洗净、水煮等步骤一气呵成的话，即便芋头本身质量稍微差一些，也能做出差不多的料理。若是上好的芋头，那就会做出无比美味的料理。现在是松茸的季节。至于松茸的话，如果你上山采，采到后当场烤来吃，那便是松茸最美味的做法。松茸从京都一带大量运送到东京来，由于在运送的途中还在生长、发育，到东京时已经比发送的时候大了许多。没摄取任何营养还长大了，因此当然变瘦变干了，味道当然也就变差了。冬笋也是一样。发送的时候5寸长的，到你手上已经长到6寸，常有这种现象。这就是蔬菜虽然好像还活着，但其实已经接近死味的原因。因此，蔬菜有必要注意去吃真正新鲜的。如果不是新鲜的蔬菜，就不可能吃到真正美味的料理。

鱼比较容易分辨是"死"是"活"，但蔬菜就比较困难了。一般情况下，蔬菜刚采摘的时候自然是最好的，越接近刚采摘越好。真鲷鱼等个体比较大的鱼类，放置一两天味道反而更好，而蔬菜采摘下来后，在一段时间内会不自然地继续发育，因此在保存上需要花费心思。比如大葱，在保存的时候需要把绿叶部分切掉，只留下葱白部分。如果不这样，绿叶部分继续发育，就会把葱白的营养吸走。另外，如果萝卜一直留着叶子的话，叶子就会继续成长，也会吸走萝卜的养分，所以保存的时候要切掉叶子，切下的叶子可以马上就放进稻糠味噌里腌制，这样会比较好。

保存蔬菜，需要此等小窍门。但无论如何，都不如把刚采摘或刚拔出土的蔬菜当下吃好。而肉类，比如禽类、鱼类，体积大的放一段时间味道会好一些，体积小的则是越新鲜越好。形体小的禽鸟类，比如斑鸠、鹌鹑、麻雀等，鱼类比如说沙丁鱼、竹荚鱼等，不是刚抓到的，或者刚宰杀的就不美味。

活食器和死食器

再说说食器。

好不容易下功夫费力气做出的料理，若盛装的食器如死物一样，那就全完了，全白做了。料理再好，盛装的容器若是不好的、怪异的食器，便不会获得享用的美感。

我把这些食器称为"活食器"和"死食器"，盛装料理后，有的食器会令人感到料理是"活"的，而有的食器则令人感到料理是"死"的。至于茶人，都希望用 500 元，甚至 5000 元的凉碟等器具，他们都希望有好的器具。那是因为，"死"的、无味的食器，只能"杀死"料理的美味。因此，要对料理和食器的一致及搭配多用心。

至于选择食器，也并不是一定要多么讲究，只要你爱食器本身，喜欢摆弄食器，在摆弄、把玩、爱惜食器的过程中，自然便会使该食器与料理结成不二默契。食器赏心，料理必然也就悦目可口。这就像车子的两个轮子一样，缺一不可。


想要做出好料理，除了喜欢，没有别的窍门

实际上料理这种东西，不喜欢不行。料理是一种兴趣，只知道如何能做好的知识是不够的，还要有足够的热情，并快乐地制作。此外，对食器等也应该多加关心和注意，并且加深美术修养，如此才能逐渐追求格调更高的作品。

各位参观帝展后，会感到心情舒畅吧？那是因为帝展满足了各位对美术的渴望之心。而要追求更高的，则应该去参观博物馆。参观博物馆能提高各位对食器之美的鉴赏能力，这种对美的鉴赏能力也能表现在食物上，比如说刀法、装盘、色彩搭配等，各种方面都能注意到。

总之，料理这种事情，不喜欢做就绝对不行。因为丈夫爱吃爱喝，没办法只能随便应付一下，在这种想法的驱使下，你做的料理是什么水平用脚趾都能想得出来。我希望在座的各位都能喜欢料理，觉得料理有趣，并且高高兴兴地做料理。

最后，我再说一下酱油。我还是觉得重口酱油做不出好料理。有一种播州龙野产的淡口酱油，自古以来关西一带一直使用，但迄今为止东京一带还没有使用。最近山城屋有卖。事实上，不是淡口就做不出好的料理。淡口酱油不仅不会过分上色，含盐量比较高，所以用少量即可，从经济上来说也比较实惠，确实可以说，不是淡口酱油做不出好料理。

我还想说说菜刀的事情，但时间不允许了。简单说一句就是，一定要用锋利的菜刀。菜刀锋利了，切菜就成了一件很快乐的事，你自然也就对料理产生了兴趣。

1933 年

::  何为料理之心

　　豪言要革新日本料理，开始创办星冈茶寮的那阵子，有一个料理人说我，只要我下厨房做菜，食材的垃圾就只有三分之一。因为食材不用的那部分我想办法利用后，要扔的就很少了。至今我都觉得这是一件值得自豪的事情。有次我去厨房，看到有人在做煮萝卜蘸酱①，对方正在"大方"地削萝卜皮。我问，削下的萝卜皮怎么办呢？得到的是毫不在意的回答："扔啊！"

　　萝卜皮扔了也就扔了吧，但是如果想想办法，它还是能变成别的贵重的食材，例如，如果把萝卜皮放到米糠酱里腌一腌就可以成为爽口的腌菜。

　　人们把这种行为称为废物利用，但萝卜皮本来就不是废物。说萝卜皮是废物的，那都是不懂料理的人的胡言乱语。本来就不应该削掉萝卜皮，萝卜皮才是萝卜最有滋味的，也是最有营养的部分。削萝卜皮，要么是为了让客人觉得有美感，要么是萝卜放久了其皮没有使用价值了，无非就是这些原因。不懂这些的料理人无论什么时候都会把萝卜皮削掉。

--------

　　①　煮萝卜蘸酱：一般是将萝卜削皮后，切成2厘米左右的萝卜块，然后用高汤煮熟后装盘，浇上大酱等。日语称作"风吕吹大根"。

镰仓的萝卜很出名。我住在镰仓的时候，每次食用的萝卜都是直接从菜地里拔出来的新鲜萝卜。那么新鲜的萝卜，皮削了当然可惜。不懂这些道理，缺乏素养的料理人即使是拿到刚从菜地里拔出来的镰仓萝卜，也会把皮削掉。如果是我吃，我就会对他们说，那太可惜，不能那样做。但是这种事也要看人，对那些装模作样的客人，有时也有必要照顾他们的习惯把皮削了。但是如果不从根本上认识到萝卜皮是贵重的食材，那就不能称作是一个真正的料理人。我对这些不学料理知识的人真是没办法。不光是萝卜皮，还有山葵。山葵翠绿翠绿的，吃起来也很爽口，口感极好，味道稍微有点儿辣，如果用得好，反而能成为顶级的食材。制作成席间小菜，搭配主食之类的，也是极好。其他任何食材，都没有山葵那样清爽。

　　我这样说，有些不懂事的年轻人可能会觉得这是小气吝啬，但是小气不小气是要具体情况具体分析的。我觉得去掉萝卜皮这样的行为不行，如果料理人将原本能料理的食材直接扔掉，那他将失去作为料理人的幸福，也失去料理人的权威。

　　食材成千上万，任何一种食材都有它独自的味道，任何食材都有其他食材不可替代的原味，因为那都是天地间自然的力量创造出来的。如果说料理就是有效活用食材的原味，那么只有把能利用的部分全都利用，才能称之为料理，而这个人也才有被称作料理人的资格。这就是所谓的料理之心。

1939 年

:: **料理夜话**（节译）

发挥食物之妙

不管怎么说，日本料理最关键的就是如何把米饭蒸好。如今，能把米饭蒸好的人基本上没有了。他们没有充分发挥大米本来的特征，究其原因就是因为不懂。即使知道水量多少，火候加减多少，但到了关键的时候却去做别的事，把好好的大米弄得没了精神气。他们不知道大米真正的味道，不知道大米真正的价值，他们把大米给糟蹋了。

什么事情都是这样的，关键是要知道其妙处，然后充分发挥其本身具有的妙处。

色味心经

世道越来越严酷，越来越激烈。什么都被推着往前走。人们被卷进潮流中顺流而下。作家们也终于到了不能免俗的时候了。

就拿吃东西来说，也不能默默地、安静地、心平气和地吃了。

这样那样的东西摆在你面前让你看，硬是让你听各种各样的声音，使你不得不吃他的料理，这好像已经成了现今社会的流行了。

我看过的古书上说，古印度人把饮食看作非常神圣的事。我在吃东西的时候，就很崇尚古印度人的这种精神。当然也不是一定要反抗西洋风格的饮食文化，我只是觉得如果有可能，不想学那种把吃饭当作社交工具使用的现代风俗而已。所以，除了与家人吃饭之外，许多人一起吃饭的宴会等事情我都尽量回避。例如，有时接到电话，要我去某家料理店参加什么宴会，我一般都回绝。当然，对方不是要故意为难我才叫我去的，而是出于好意，只是想听听我说话，这些我也都知道，但是我对这种饭局就是这么害怕，这种地方我都不去。

　　此外，印度人好像对所有的授受行为都非常谦虚谨慎。接受被授予的东西时，必须是平心静气的心态，与此同时，身心都要接受对方。我们应该学习这一点，吃东西的时候，也平心静气，悠然接受。


没有个性的饮食

　　饮食也有艺术性。如果想吃精美的食物，那就不要依赖别人，你应该主动选择自己喜欢的食物，然后随心所欲地吃，像山里的鸟兽一样自由，就能达到本来的目的。但是很多人似乎并不太清楚自己的嗜好。

　　有的人把料理看作女人该做的事，在后悔自己无知的同时，对妻子做的饭菜失去兴趣，愚蠢地只能到小料理店去咂巴着嘴，不顾一切高谈阔论料理这长那短，然后有钱了，想盖房子了，又去找人设计。买衣服都要去问"××屋"。连怎么花钱，都要去问人，我希望自己不要犯这种低级错误。

这种被看作"聪明"的正常人，即使是买一张画，也觉得只要买新的书画就没问题，旧的害怕作假所以不买。现今的社会已经到了这种人才算正常人的世道了。这难道不是因为大家都在枉度人生、虚度年华吗？

理解食物

料理以"王者的骨气"为上。电视上出现的粗糙料理，只能教育出小气吝啬、无聊乏味的人。对此我很担心。

能存活的生物，都有必要充分理解自己的饵食。不管是鸟兽还是虫鱼，都应该充分理解自己的食物。一个有身份有地位的君子，如果不能理解有品位、有价值的食物，那就难免被人讥讽为素质低。

我的人生是一天到晚只知吃美味食物

在我看来，一流料理店的主人，不一定就是每天都吃着精美的食物。世上有名有姓的那些所谓美食家，也不是每天都吃着精美的食物。

就算天下的大富豪，例如钱多得用不完的岩崎①、三井，虽然他们有挑选食物的自由，但要说每日都吃最精美的食物，却很难做到。至于通晓美食奥秘的我，也不是吹牛，我才是事实上的日本第一美食大家！我这样想过。在过去 50 年的美食人生中，我从来没有感到某个人不佩服不行。

所谓美食家，或者那些自吹自擂吃着美味食物的人，说实话，大概都有些怪。写《美味求真》的先生、写《食》的先生、著名的新闻记者 ×× 先生、老文学博士 ×× 先生、医学博士 ×× 先生等，还有很早以前的美食家 ×× 先生、学校教割烹的先生、料理店的主人、大厨子、广播节目的料理主播等，虽然这些人我不可能每一位都认识，但是迄今为止我知道的、能被称为"绝无仅有的美食家"的人，没有一个。

因偶然的因素被称作美食家的人，大概都是吃蹩脚饭菜的人，他们的志向一般都很低，所以他们知道的只不过是一部分普通的食物而已。把无聊乏味的东西说来说去，不敢否定那些并没什么了不起、早已被熟知的事情和夸张的、不断转向的流行。把世上大多数人说的那些所谓的美食分析一下，其实指的大都是不值一提的东西。

———————————

① 岩崎：指三菱财阀创始人岩崎家。"三井"同指三井财阀家。

如果真的喜欢，那就要有深深吟味食物，只吃最高级、最美味的料理的精魂。但是大部分人都做不到。大部分人只是夸着海口，做着无聊的美梦。

以前有人常说"食色问题"，"色"先放到一边，只是彻底追求"食"看起来都不容易。更遑论调理、割烹等，那基本都是做不到的。

知道存在于宇宙中的自然规律的料理人好像一个都没有。好好的天然之物，要么因为无知被糟蹋，要么被胡乱做成无聊的食物，结果只有这两种。这都是因为料理的人无知，或者不会，原因也只有这两者。不知道这些问题的人，从这上面学习，从这上面知道的外行做的料理，当然不可能做出合乎自然规律的东西。不知自然规律便调和不成熟的料理，那么做出来的东西怎么可能美味！

因为不懂调理法，所以营养学研究专家做不出好的料理。至于营养学，今后应该有深谙调理的笃学出现。我的意思是，一定要有超出一流料理水准的人去搞营养学研究。不这样做，就不可能做出美味且有营养的食物。

我经常说这些事情，其实是因为我对食物精通，也经常思考。

事实上，我心里其实非常痛苦——对自家以外的食物不能高高兴兴地放心品尝。被别人请吃饭那种事，本来就不应该有，期盼的旅行，也常常是不欢而散，因为旅馆之类的地方，其食物根本就不能吃。我的原则是，一流的料理店一般都不去。这不能吃，那不好吃，一般人享受的快乐，我不仅体会不到，反而还觉得痛苦，就好像是因为过去吃美食吃得太多而受惩罚一样，这样的问题总是缠绕着我。可见，如果一个人知道太多了也是个问题。

1953 年—1959 年

:: **捏寿司的名人**

战争结束后，卖黑市米的女行商人大为活跃，她们根本不怕被抓，每天在东京神出鬼没，做她们自己的买卖，拼命向饭店、旅馆，特别是寿司店推销。她们来自新潟、福岛、秋田等地。东京人翘首期待的样子，她们这些活跃在黑市的商贩看得清清楚楚。当时的东京不管你是想开寿司店，还是想开料理店，只要跟这些行商跑单帮的打上交道，就不用担心没有大米。

最近，东京寿司店集中的料理店巷子好像到处都是，简直就像雨后春笋。不过能做出我们所说的寿司的店却很难找到。虽然不是把每家寿司店都吃过，但只要走过瞥一眼，我就能分出那些寿司店属于上、中、下哪一等。当然，眼力达到这一步也是需要付出吃很多寿司的代价的。有心之人除了去奢侈的美食家推荐的那些有名的店体验以外，没有什么更便捷的方法吧。可是二三十岁的年轻人，是不可能看出醋放得是否适量，金枪鱼是否来自名产地，食材是否货真价实等问题，不管好坏，应该都吃得很香。大部分年轻人只要能放开吃，就能心满意足，所以是不可能分出寿司店的档次的。要跟别人议论寿司，只能是到了零用钱多起来，年龄也过了 40 岁，嘴也开始刁起来时才可能。

米饭少捏一些，山葵泥多放一些，Toro 与中 Toro 之间的部分最好等问题，这些都是最近才开始讲究起来的。讲究这些的人过去高高兴兴地喝着热茶吃着寿司，可是最近这些人却开口就喊冰镇啤酒，把寿司当作喝酒的下酒菜了。这些人都是吃寿司的战后派，都是因为战后寿司从站着吃变成坐在椅子上吃才这样的。这种倾向势力还很强，高级寿司店都主动改良，开始做饭团不大的小型寿司，以便让客人多喝酒，以此，最终成为受人欢迎的料理店。最近还有一个新倾向，那就是女人在摊子上站着吃或者靠着吃的人多得惊人，经常能看到她们跟男人一样喊"我要 Toro""还是血蛤好""海胆吧"，简直令人喷饭。看来，吃寿司这件事最先进入男女平等的世界。

时代变了，岛田发髻<sup>①</sup>的时代一去不复返，那时不受欢迎的

---

① 岛田发髻：以前日本未婚女性的代表性发型。起源于江户初期东海道岛田驿站（静冈县中部岛田市）游女的发型。

人，如今都可以抹口红、涂指甲、穿着高跟鞋冠冕堂皇地走进受人追捧的寿司美食家行列，这些都是以前几乎不可能看到的事情。按这个路子发展的话，马上就会出现什么西红柿寿司、午餐肉寿司、三明治寿司、炸猪排寿司等富有创意的新寿司。三明治寿司说不定真的会出现，因为它能让人同时品尝到米饭和面包。名冠江户的豪侠寿司店等，也只剩下关门大吉了吧。

直至战前10年前后，京桥、日本桥一带繁华的地方，就有相当讲究的寿司店，也有相当苛刻的美食家。当时京桥站附近有一个自称千成的嵯峨野的料理人，斗胆开始面向大众开寿司店挣钱，不久就雇了上10个厨子，颐指气使地开始捏三流的寿司。千成模仿百货商店做成寿司食堂，食堂里摆上许多桌子，按一份多少钱，卖定价盘装的寿司。这种生意是越便宜越好，所以转眼间就流行起来。最后东京全城寿司食堂泛滥成灾。江户前寿司失去骄傲就是从这时开始的。

那么，像寿司的寿司到底有什么特点呢？像寿司的寿司当然是一流的寿司。实在不好意思，反正不是你们大众能吃得起的寿司。现在虽然也有招牌上写着一盘七八个握寿司，价格50~80元的，但我下面要说的寿司，不是这种假寿司。我要说的是1个就值50元以上、100元左右的握寿司。

在遍地都是假寿司的这个时代，也还是有一些良心的东西，能令我们这些在盛夏找不到好食物的人，每日不顾酷暑，从大船走到新桥去吃。一流的金枪鱼价格比最高级的神户牛和最上等的鳗鱼贵好几倍，但是吃了你就会知道值不值那个价钱，这是一个不得不承认的事实，所以也没有办法。作为对健康的投资，我会在夏天一直吃着一流的金枪鱼。可惜，一直准备着最高级的金枪鱼的高级寿司店，能幸运等来会吃的顾客光临的概率，却极低。而发现高级寿司店，对食客来说也是得费一番苦劳的。

寿司是否上等主要还是食材的问题：

最高级的大米（新潟、福岛、秋田一带产的小粒米）

最高级的食醋（爱知红醋、米醋）

最高级的鱼类和贝类，基本为市场上最贵的

最高级的紫菜（用薄原料做成的厚紫菜片）

最高级的生姜（高质量的老姜，新姜不行）

只要准备好上述食材，就能做出好寿司。但是，话虽如此，一般的寿司店却做不出最高级的寿司。

在东京能看到的寿司店招牌（京阪地区也一样），只要是握寿司，都会把"江户前"三个字写得大大的。江户前寿司现在真是受人关注，富有魅力。握寿司的风光，是与上方<sup>①</sup>寿司仅存风情、缺乏生机相较而言的。强调是"江户前"的原因，就是要把上方寿司与江户握寿司的相异清楚区别。我们应该承认江户前寿司的绝对美味，给食客提供的就应该是这种寿司。总之，如今江户前寿司在全日本都很有名。

江户前寿司与上方寿司不同的地方，在于材料、调味，以及做法。最重要的判断标准就是有无生机。江户前寿司的特点就是调理法简单、手法直截了当，在食客面前调理，直接给食客看食材的鲜活，令食客边赞叹边品味。这其中，金枪鱼的脂肪虽然非常浓厚，但却肥而不腻，有着不留口的特点，它作为东京名吃，恰是锦上添花。最近，京阪式盒压寿司在上方很流行，但以发酵寿司为基本的调理法没有生气，且土里土气，以即兴为生命的江户人当然不会随便就接受。

然而，最近到处都有那些模仿东京握寿司的不正统的寿司，这败坏了江户前的名声。我们应当斥责那些胡乱在招牌上标榜"江户前寿司"的不负责任之行为。但是不管怎么说，大阪的盒压寿司被握寿司所压倒，这是寿司美食家的胜利、寿司店的失败。京都大阪的有名寿司店对这一现状感到懊悔，他们不服气，觉得握

---

① 上方：京都大阪一带。上方寿司一般为木型盒压寿司。

寿司算个什么，我们也能做。这就是最近出现在京都大阪的招牌握寿司店，简直令人无言以对。这只是一种东施效颦，过于滑稽。根本就不能吃，更不用说其他地方了。食材是关键，顶级的寿司需要顶级的食材，以不可或缺的黑金枪鱼为首，没有一种好食材，没有一种好鱼，是做不出好寿司的。这一点是最大的原因，但是他们对此却完全不懂。

因为我出生于京都，对京阪一带的美食自然了然于胸，但对于江户前寿司那压倒性美味，即使偏心也不得不脱帽俯首。话虽如此，最近东京专门做江户前寿司的寿司店，却也并不一定就好吃。凡事不能一概而论。

鳗鱼也和寿司一样，属于东京名产中的名产。但时至今日，要说它和以前一样，是日本最好的食物却也不见得。不过关西的鳗鱼店主经常以"东京的鳗鱼是蒸熟再烤的，像煮汤剩下的渣子，绝对不会好吃"来贬低东京鳗鱼，这纯属自卖自夸，真是不堪入耳。这不是品尝后基于自己的味觉本能的发言，只是道听途说的无责任言论，不值一提。作为不求进步的鳗鱼店，他们只能令人感到可悲。这也是一个即使是鳗鱼店，也不一定就懂鳗鱼的典型例子。

在东京的鳗鱼面前，大阪的原始烤鳗鱼只能无条件投降。可他们依然像王婆卖瓜一样自吹自擂自己的烧烤，这只能说是一种不堪嗤笑的陋习，应该尽早改掉。不仅如此，用人工养殖的鳗鱼来议论鳗鱼，应该也很愚蠢吧。

不论寿司还是鳗鱼，都有必要考究材料的好坏，料理的好坏多取决于材料。

用好食材做的寿司其价格自然会贵。贵有贵的理由。不看理由，只是拘泥于价格就觉得太贵，是很庸俗的。价格贵的寿司自有它高价的理由，但胡乱收费的寿司店，是不会长久的。

寿司的贵贱，其实也可以说是由味觉可靠的食客决定的。店铺装修的风格，各种厨具、材料、卫生设备，以及厨师、女佣等都追求一流，所有事情都不惜重金，做好万般准备，只等食客光临。是否能做到这些，才是好吃寿司和难吃寿司、高级寿司和廉价寿司的分界线。

可是，那些面向高级食客的寿司店，如果在新桥一带找，到底能找到几家呢？当然，如果觉得站着用餐的那种店也可以的话，还是有几家的，但实际上大多是"挂羊头卖狗肉"。特别是最近流行的那种在玻璃柜子里摆放食材，静待食客光临的大多数寿司店，很难说就是Ａ级寿司店。

总而言之，以新桥一带为例，按我的标准来看，合格的只有两三家。其中一家是最近新开的"新富本店"和不久前开张的"新富支店"。以前，新富本店以意气轩昂成名的人制作的名人寿司著名，但时光不饶人，渐渐还是失去了本来的勃勃生机。

相比之下，支店的主人阿弥年龄 40 岁左右，正当中年，因为厨艺高明，慢慢被人看好。本店如上所述已经没有了原来的光辉，但支店厨艺高明的阿弥的寿司最近在新桥一带可算是首屈一指的，算是继承了本店的传统。支店阿弥做的寿司好吃是好吃，但那是一家旧式的立食形式的小店，非常窄小，装修粗俗，不适合绅士造访，只能享受口福。

　　与本店老板爵士乐风格相反，支店阿弥却是民歌风格，打眼一看就像一个倒插门女婿似的老老实实。他每日早上去鱼河岸采购鱼，回来立刻动手收拾鱼，蒸好米饭，一切准备妥当需要一定的时间，很少能赶上午饭，日常都是下午两点左右才能开门。因为没有任何一个零工或女仆帮忙，只有他一个人干活。虽然有妻室，但因为妻子要照顾孩子，来到店里就已经是下午两三点了。最多只能端茶倒水，要想给店主帮忙那可是绝对不可能的。

　　但凡事有利有弊，因为所有的事情都是他一个人做，所以食物肯定没问题。就阿弥的个性来说，他也不愿意麻烦别人，因此常有忙不过来的时候，其致命的后果就是米饭总是蒸得不太好。我和他说过几次，可是这个弊病至今未改。这是致命的。

　　西银座有一家"久兵卫"，店铺非常雅致。这家店的主人是一个少见的人物，只作为寿司店主有些可惜。因为自幼就以寿司店接班人来培养，所以长大后接手了寿司店，他如果上过大学，现在也许会成为局长、副部长或者部长之类的人。总之，他吃过很多苦，是一个很聪颖的人。他刚毅的骨气和轩昂的意气，活生生就是一个一心太助①。他如果是一个无能之辈，那也许会落于人后，也许做的寿司会很难吃，但正因为是这么一个正直的人物，所以很早之前就受到以难对付而闻名的鲇川义介②老翁的喜爱，得到鲇川老翁的一二指导。

作为一家寿司店，这家店面却一改陈旧的寿司店形式，改装成富有现代感的新建筑，有些令人惊叹，但以此来说明这是一家高级寿司店却绰绰有余。但是店门上只有"久兵卫"三个字，没有写关于寿司店等任何字样，显出一种不知内情的人不敢贸然闯进去的态势，肯定有很多人犹豫迟疑，最终走开。因此，店内在座的食客不像其他店那样 A 级、B 级、C 级混杂，很有特色。

食客不是 A 级就是 B 级，不分昼夜，川流不息。把全东京的寿司店从头到尾调查，恐怕不分昼夜贵客满座的寿司店除"久兵卫"以外，绝无其他吧。这是因为，除了寿司本身好吃之外，毫无疑问，久兵卫这位经营者个人的魅力吸引了无数人士。甚至可

---

① 一心太助：讲谈、小说、戏曲中的人物。虽是一个卖鱼的，但却富有侠义之心。

② 鲇川义介（1880—1967）：出生于山口县，日本著名企业家、政治家。"日产""日立"等创始人。

以说，所有人都是冲着头脑聪明、接物待客彬彬有礼的久兵卫这个人而来。

设备完全没有问题，店主人也富有魅力，但如果对寿司本身具有的作品价值探究一下——这是我想从各种角度搞清楚的——首先，有一点确凿无疑的是，这里的寿司放到哪儿都绝不会落后于人。但很遗憾，双方都有特点，很难确定地说它比得上阿弥的新富支店。

材料——主要在选购鱼类、贝类的眼力上，阿弥在一定程度上更优秀一些。我很佩服新富的阿弥选购鱼的眼力。他的眼力确实令人佩服，但是在挑选紫菜和蒸米饭上，我觉得却明显不如久兵卫。其理由大概是阿弥这个人本来是在京都大阪长大的，所以没有挑选紫菜的眼力，故美中不足。用的醋，两家都差不多，没有大的区别。但要说到醋调多少恰当，那给只用红醋的阿弥投一票也未尝不可。

在比较两者优劣时，我们在这里关注一下不可或缺的金枪鱼，这可是阿弥的独角戏。不过阿弥的饭团却有令人遗憾的地方，最可惜的地方是饭团太大。久兵卫的饭团作为奢侈寿司无可挑剔，具有捏得恰到好处的特点，是佐酒寿司。如果久兵卫还能更加严格地挑选金枪鱼，切法也比现在大 1 倍左右的话，那可真就是天下无敌了。

他有他的寿司观。说到底，他觉得金枪鱼不应该切得那么大的，这种固定观念作为他的信念，表现在切鱼上就与他的气节极不相称，显得寒碜。

可能这都是受他幼年生活的那家名叫三筋的寿司店的影响所致吧。这家叫三筋的寿司店，当年给宫内省①献上寿司，一口气做了几百人的外送寿司。与其说他家厨艺高明，还不如说事业成功。久兵卫就是在那种环境中长大的，所以如果说他有高超厨艺，也是他自己生来具有的，绝非主人言传身教的。所以他直到现在还有把鱼肉切薄的"陋习"。

固定观念这种东西很可怕，不管是谁，只要惹上了就不容易改掉。有一次坐在寿司台前的食客对他说："再切厚一点儿。"他一口咬定说："这是寿司嘛！"我在旁边一直观察着，他直到最后也没有改。这反映了他"金枪鱼这种鱼不能随便切厚"的信念，这很有意思。

相反，新富支店可能遵照本店主人所教的，继承了豪爽的名人风格，这首先就表现在切金枪鱼上。战争刚结束那阵子，筑地鱼河岸每日只有两三条金枪鱼进货，一般的店铺是不可能买到的。即使这种时候，支店也一直都有很肥美的金枪鱼。别的寿司店绝对做

① 宫内省：皇室管理机构。

不到。久兵卫在金枪鱼的表现上也很一般，绝对比不上阿弥。这位"一心太助"，其中到底有什么缘故，令人不由不抱有某种疑心。

但寿司的关键在米饭，可以说，有好米饭才会有好寿司。蒸米饭的水如果没有控制好，那就会失去做寿司最精华的部分。鳗鱼店的米饭、寿司店的米饭都是生命线。如果不把米饭当回事，就不能做出好寿司；如果不能蒸好米饭，就不能做好寿司。

一个人独自做事还有什么意义呢？每日早上从鱼河岸采购回来的鱼、星鳗、贝类等收拾起来都很费事——斑鲦、鲹鱼之类要做成寿司的鱼，虽然是小鱼却非常费功夫，这些靠一个人处理绝对不可能，然而诸如此类费功夫的准备工作还非常之多。像阿弥那样不用一个打下手的，全靠自己一个人处理谈何容易？因此造成的结果就是米饭蒸不好。真是一件令人干着急的事情。

不用一个下人，不用一个女佣，甚至也不太让妻子帮忙，这样事情当然不可能做好。有高超的手艺，可是做的事情只能到此为止，着实令人惋惜。如果能让更多的人高兴，让更多的人快乐，该是多么好的事啊？但是人的器量都不一样，他无法再发展也是没有办法的事。

在这点上久兵卫却完全不一样。久兵卫性格豁达，现状是很多人正是被他开朗的性格所吸引，才不厌其烦地到他的店里去。捏寿司的久兵卫个人的魅力确实了不起。寿司的魅力，其实也就是人的魅力。

但是，令我们深思的是，新富支店的阿弥虽然是一个人谦卑地、勉勉强强地维持着店铺，但有时却能做出令人感动的惊人寿司，这点很有意思。像久兵卫那样堂堂正正的人反倒做不出令人感到意外的寿司，这点我感到不可思议。看起来弱不禁风的人却能创作出惊天动地的作品，而像久兵卫那样威风凛凛的人却赶不上小心翼翼的阿弥，关于这一点，说到底应该是他们两人不同的生长、教育环境对他们产生的影响不同吧。

如上所述，佐酒的寿司是战后才出现的，战前都是喝茶吃寿司。要问是什么使得吃寿司变成这样了，那是因为寿司店变成坐在椅子上吃寿司的店了。

没有椅子的话只能像以前那样站着吃，但是，现在哪怕是站着吃的店铺也准备了椅子。这是因为战争刚结束的时候，料理店还不多，料理也很贵，店主发现了吃寿司喝酒，顺带吃饭再喝酒能带来收益之故。而有椅子坐，客人就想喝酒。

如此一来，客人就会吃各种各样的鱼，顺便也能吃饭，寿司作为料理就更显得无可挑剔了。食客在高级料理店不能只吃自己喜欢吃的，但在寿司店里，客人有选择食物的自由，可以只吃金枪鱼、血蛤之类各种各样的鱼贝。没有比这更重要的了。不过这样一来，寿司店还不如叫自由料理店更恰当，与以前样式完全不同的新日本料理便由此产生了。

1953 年

:: 刨刀与女人

寒蝉的叫声显出凉意。

我坐在我的桌前调理食物，客人也坐在我的桌前。我一直都是自己调理食物自己吃，也给客人吃。

客人是个诗人。至于写什么诗，我并不知道。这位诗人从来没给我看过，我也从来没问过。到底是诗人还是"死人①"我并不知。反正，是一个诗人。

我喝啤酒，且只喝啤酒。从浴盆出来，趁身上还有热气的时候喝一口啤酒，那才叫爽快。

我座位后面的墙上，贴着剪成细条的纸张，写着从全国购来的食材和名产的名字。新送来的东西，马上就会被这种细纸条写上名字然后贴到墙上。所以，只要看一眼这些纸条，就知道现在有什么东西、缺什么东西。

---

① 这则文章多文字游戏。在日语中，"刨刀"与"女人"尾音相同，"诗人"和"死人"音同。

诗人认真地看着这些纸条。他也许是把这些纸条当诗看。我虽然没看过这个男人写的诗，但诗人肯定也是要吃饭的。嗯，他肯定能看明白，诗人本来连花鸟之心都能看懂……

我喝着啤酒。诗人喝着威士忌。

为了给做好的料理上撒鲣鱼花，我开始刨鲣鱼花，用刨子刨鲣鱼花。

诗人睁大眼睛："老师傅，您这刨子，好高级啊！简直就像木匠用的那种高级刨子。"

"这……是木匠用的刨子中质量最高的刨子呀。"

"啊，太可惜了！"

我疑惑地看着诗人："为什么可惜呢？"

诗人也迷茫地看用高级刨子刨鲣鱼花的我："老师傅，这么好的刨子，就是不用来刨鲣鱼花，也完全能用来做木匠的高级工具呀。"

我回答："正因为像木匠的工具那样高级，才用来刨鲣鱼花呢。"

看了一会儿我刨鲣鱼花，诗人感叹地说："老师傅的料理精美好吃，是因为老师傅奢侈啊。肯定的，就是的，料理还是得花钱，不花钱不行啊。"

我没说话，刨完鲣鱼花后，喝完一杯啤酒，才开始说："正好相反，跟你说的……诗人嘛，看起来不知道金钱的价值啊。"

我把刚刨好的鲣鱼花拿给诗人看。鲣鱼花极薄，薄得像雁皮纸，像出水美人的柔肤……

客人惊喜地说："啊，漂亮啊！艺术品呀，老师傅。"

"对，料理就是艺术！"我接着说，"买鲣鱼花的时候应该怎么挑选呢？当然是挑那种又大又便宜的啦！总之，一定要花心思挑选。那么，应该怎么用呢？刨刀一定要买好的，鲣鱼花越刨越少，但是好的刨子能用一辈子。薄薄的一片，薄薄的一片，就这样刨着用。做高汤也只需要一点儿就能做出好汤。撒到食物上，也是又好看又好吃。刨子买的时候虽然比较贵，但能用一辈子，而且也很好用。你会发现，用这种高级刨子刨的鲣鱼花，比那些用不好的刨子刨的鲣鱼花好吃很多倍、好看很多倍，而且还很节省。有些人花高价买鲣鱼，挑三拣四，但是买到手又随随便便用，不能把鲣鱼花本来的味道搞出来，让人看着觉得太可惜、太浪费。还不如用好刨子刨，本来要用五条鲣鱼也许用一条就可以了。这难道不比那些用法更经济吗？"

诗人听得入迷："但是，老师傅，要把刨子用好，很难吧？"

我回答："用那些不好的、便宜的刨子刨鲣鱼花，刨得大汗淋漓，'吭哧吭哧'地刨，把鲣鱼花刨成木屑、沙粒那种模样，相比之下，用高级刨子刨的话，你都不知道多么轻松简单。"

诗人惊讶："是吗？老师傅，刨子也跟女人一样啊！"

我问："为什么这么说呢？"

诗人回答："娶一个好老婆，一辈子好滋味，还'省钱'。"

我喝了一口啤酒："哈哈哈……说得好，像相声抖包袱。刨子与女人是很像呢。"

诗人边喝威士忌边点头说："刨子与女人……"

我想，这位诗人，也许一下次会写一首刨子与女人的诗吧。

1953 年

## :: 食器是料理的衣服——我为什么开始自己动手制作陶瓷器和漆器

大家可能都知道，我开始做料理后就在这里建窑，自己制作陶瓷器和漆器。

为什么我对制作陶瓷这么热心，一定要自己动手制作呢？在旁人看来，可能觉得我只不过是太热衷而已，但对我自己来说，这可是理所当然、不足为奇的事情。今天，把它作为闲谈之话，我说说其中的理由。

在各位料理专家和方家面前说料理，我多少觉得有些惶恐，敬请各位赏光捧场。

就拿做料理来说，比如做生鱼片，刀刃一定要锋利，配菜的颜色或者形状等，这些问题都要细心留意。为什么说要细心呢，因为只有这样，才能给料理增添美，从整体上看，料理也会因此而变得更加精致和美味。就像这样，料理应该重视的美感，与绘画、建筑以及天然的美完全相同。美术的美和料理的美，本来就是一个字，内涵也都一样。

所以，在美化料理本身的同时，大家对每天都要使用的盛装料理的器具，也都想一想，费一番苦心。关心料理的人，顺便也关心食器，这是不足为奇、顺理成章的。

话虽这么说，但在我看来，至今也没有出现一件能让人看上眼的食器。这是因为料理店和料理人对食器缺少关心，所以没有出现好的食器。料理店和料理人是搞料理的人，也就是用食器的人，所以只要这些人多对食器表示关心，那肯定就能出现好的食器。只有料理人像以前茶寮料理人那样，主动主张说"我做的料理一定要摆在这种食器里，如果用那种食器的话，我好不容易做好的料理就被糟蹋了"。如此一来，人们才会关注好的食器，才能催生出好的食器。制作食器的人，为了应对这样的需求，就必须修炼和提高自己的美意识，制作品位高的食器。

因此，为了促使多生产好的食器，料理店和料理人就必须领导制作陶瓷的人。所以我说因为使用食器的人对食器缺乏关心，才造成了今日料理之食器不尽人意的状况，令人满意的好食器几乎没有。

偶尔看到能称作名器的食器，无一例外都是已故的人做的，现在我们把那些当作美术品来看待，都成了古董。在这种情况下，如果你想彻底追求料理真髓，真正讲究摆盘盛菜的话，那就只能使用名器古董，要不然就只能自己动手制作了，除此之外没有别的办法。现状就是这样。

这就是我一定要自己动手制作陶瓷器的动机。下定决心动手制作不需要花费多大心力，可是不管怎么说，胡乱做肯定做不出好的食器来。首先，我觉得应该向前辈的名器学习，哪怕那食器上有伤疤裂痕，但只要是有名有声的，就能给我们一些值得学习的东西。因此，我觉得应该尽量把这些前辈的作品作为自己制作的样本，放在身边，每日都要参考。我到中国和朝鲜去尝试研究历朝历代的陶瓷，就是为了这个。结果越搞越多，竟然"搞"了一个参考馆。从这个意义上来说，我的收集与一般人的收集不一样，我是直接为了自己制作陶瓷器而收集，也是直接为了追求料理之道而收集。

其实不仅是陶瓷器，绘画、书法与料理其实也是一样的。比如用菜刀切鱼片，下刀的那一瞬间，能让料理活，也能让料理"死"。有风情的人切，就会切出有风情的刀线；而庸俗之人切的话，只能留下粗俗不堪的刀线。不是说菜刀锋利不锋利，也不是说料理人的技法高明不高明，这是一个"人"的问题。总之，高雅的人切，就会切出雅致的刀线，就会切出雅致的形状。

书法等在这点上能明显看出来，而料理其实也一样。我经常为此痛苦不堪。因为自己如果不真正下功夫修炼，那不管料理人的技术如何娴熟高超，也不会做出真正的好料理来。

也就是说，不管是书法、绘画、陶器还是料理，总之，在那些作品上显现出来的其实都是作家自己的形象。不管好坏，自己都会体现在作品上。只要有一次感到这点，那么以后不管什么事，都不敢交给别人做了。真的，只要知道了其中的真正含义，简直就害怕得不得了，绝对不敢偷懒。

所以，在这个窑厂，至少刻有我自己名字的，从头到尾都是我自己做的。各位能看到，那座大窑烧一次要做很多很多事。刚才各位看到的那些陶瓷，都是我自己做的。社会上有人说我是一个很懒的人，但你们今天再看看，我就是这样做事的，所以我绝对不是一个懒人。

这些都不说了，其实这些都不过是为了追求料理之道，为了把东西做得美味。

如果只想填饱肚子，那像远古的人那样把饭食放在树叶上吃也行，如果要讲文明，那就一定要讲究装食物的容器。食器和料理，不论如何都是不能分开的，这二者有着密切的关系，或者说这两者就像夫妻关系一样。事实上，自古就有许多这类比喻，有些例子一直流传到现在。一个厮守终生的妻子，当然就不可以是一个来历不明或者随便谁都可以的人。"谁谁都行""只要能做妻子就行"之类的话，是一种没有向上之心的话，说这种话的人不可避免是要遗憾终身的。

所以，我特别要强调的一点是，搞料理的人一定得好好研究食器。更进一步说，从食器开始，还应该学习书画和建筑。只有这样，你所做的才能成为真正的日本料理。

现在不论是瓢亭①、草鞋屋②，还是八百膳③，流芳后世几百年的这些老店，无一例外都是祖先们这样努力了的结果。所以，瓢亭现在还按以前的传统做法做，我们不可名状地都会觉得很好。

这些祖先们都是具有辨别能力和极高见识的人，其子孙后代都可以一直靠他们创立的招牌吃饭。即使后世子孙才能有限、用心散漫了，但是仅靠祖上招牌，也能混口饭吃。

———————————

① 瓢亭：日本代表性怀石料理店之一，有400多年的历史。本店在京都市左京区南禅寺，东京各地开有分店。

② 草鞋屋：日本代表性料亭（高级料理店）之一，有400多年历史。本店在京都市东山区七条、三十三间堂附近。

③ 八百膳：江户（今东京）最为成功的料理店，在江户时代确立了"会席料理"。文人墨客、政界名流等多有造访。店铺今已不存。著名百货商店有"八百膳"品牌熟食销售。

当然，只靠祖先的招牌混饭吃的话，不论那招牌有多厚，也会慢慢地被磨成薄片，不会维持太长时间。总之，有流芳百世祖先的那些老店，一直都蒙着那些祖先的恩，戴着那些祖先的德。

都说中国料理世界第一，但中国料理真正发达是在明代，不是今天。为什么这么说呢？因为中国的食器中，明代的食器最为发达，最有美感。食器发达，就证明料理也发达。可是到了清代就慢慢退化了，没什么味儿了，所以料理也就慢慢地退化了。

从历史的角度看，你会发现食器不好料理也就不会好，食器好的时代说明料理也发达。所以，作为料理人，为了制作真正好的料理，无论如何我们都需要食器美学。料理店要激励和培养陶瓷家，要让他们不断制出雅致漂亮的食器。

看看最近一般料理人的风潮，能看到有些人刚学会做鱼，就觉得自己是一个料理人了，就无暇去关注别的事情。我们作为一个严肃思考料理之道的人，光有痛感是不行的，还要考虑如何纠正这种现象，这也是我的一个夙愿。

上文很笼统地讲了一下。其实这些不仅限于那些了不起的、高级的料理店，就连大街上一个小小的杂煮店也能发生有趣的、有意义的事情。不论你做一个玄关，还是撒一瓢水，其精神其实都是一样的。

注：本文为昭和十年十月一日招待东京部分一流料理店有关人员参观星冈窑参考馆时的讲演记录。

1935 年

::　**海蓝与天蓝**

春天的大海终日都是徐徐荡漾的。

夏天的大海反射着强烈的阳光更是碧波荡漾，闪耀万丈。大海闪耀，沿着海平面滚滚而上的积雨云也闪耀，天空也闪耀，在海里游玩的人的肌肤也闪耀。

秋天的大海就像失去丈夫的遗孀那样寂寞。

然后，冬天的大海呢，表面上看似顽固地保持着沉默，但有时却会像从心底发出怒火般的怒号。逆浪冲击光芒，暗黑的天空即使没有星影，巨浪激起的浪花也会像转瞬即逝的幻觉一样拍打岩石，冲上天空。

春秋的海底是一个数不清鱼类的世界，既有乘潮移动的鱼群，也有踩浪在海面飞翔的鱼儿。栖居在深海中的鱼的肤色与栖居在浅海中的鱼的肤色不同。不仅海中有游弋的鱼儿，海底的沙滩上、岩石上，也都有生物各得其所，栖居而生。

鲍鱼紧贴在海中的岩石上，看起来任何敌人都不可能掰开它坚硬的贝壳。而实际上，也有能掰开如此顽固执拗的鲍鱼的家伙，比如说章鱼——"秃头"。"秃头"歪斜着身子游到鲍鱼跟前，然后用自己的手脚把鲍鱼贝壳上的所有透气孔都堵住。鲍鱼不能呼吸了，只能轻轻从岩石上抬起身子。这便是"秃头"等待的决定性的瞬间。"秃头"顺势抓走鲍鱼，饱餐一顿。听说，对付鲍鱼的整个过程，都是"秃头"自己做的。"秃头"住处的周围，围着无数空贝壳筑成的城墙。在城墙里面，酒足饭饱的花和尚心满意足地呼呼大睡。知道"秃头"在贝壳城墙中放心大睡的别的大鱼，就会发动突然袭击，吃掉"秃头"。另外，在更深的海中，还有自身发光，像幽灵一样在漆黑漆黑的，一点儿光线都没有的深海中游荡的鱼。还有头上顶着"灯"的奇怪的鱼，点着自己头上的"灯"到处找猎物。

不论是沉默寂静的海底，还是海流翻涌的海底，它们的争斗都在永无止境地进行着。厉害和软弱之间，斗争没完没了，永远持续。螃蟹挥舞着自己的双臂，横着身子边挪动边在沙地寻找能吃的猎物。到了有月光的晚上，借着月光，小虫们看到螃蟹过来，马上四处逃散。螃蟹就算瞪圆眼睛也不见得就能轻易找到猎物。此时的螃蟹只能饿着肚子。饿瘦身子，人们就嘟囔，月夜的螃蟹不肥，不好吃。月夜里也有从海底爬上海滩，在沙地产卵的海龟。不仅有鱼，也不仅有贝，还有绿色的、茶色的、红色的……各种颜色的海藻随波飘摇。

人们从这无边无际的深深的海底，从无数的波浪之间，抓鱼、拾贝、采藻来吃。最早吃海参的人是什么样的人呢？可能那个人，把这种丑陋的怪物看了半天吧。最早下决心吃这种东西的那位祖先，我觉得他是一个比任何历史家编造出来的英雄都痛快的人。

不论什么东西，活着的都美。而搏斗的生活就是新鲜的。不信你看看生活在海中的鱿鱼。说鱿鱼是白色的老兄是不了解鱿鱼。鲜活的鱿鱼绝不是白色的，白色的是快要腐败的鱿鱼尸骸。鲜活的鱿鱼是通透的，不仅通透，鱿鱼身上还有磷光一样的光斑，它们在海里优美地游动的时候，就像用花边手绢轻掩樱唇的贵妇人一样。鲷鱼浑身镶嵌着闪光的宝玉，威风凛凛地向前游动。海中的生物世界，同样美丽动人。而且它们每时每刻都在为生存而奋斗，而斗争着。睁开眼睛，看看大海远处的水平线。连接水平线的是天空的颜色。大海的颜色和天空的颜色哪怕是混在一起，大海也有大海的颜色，天空也有天空的光彩。大海与天空融为一体，水平线划开大海与天空，渔船像在那条线上航行一样，升起白烟。

飞在天空的鸟是什么鸟呢？飞鸟的翅膀是白的，在海天一体之间，它自由自在地飞翔着。

有歌人咏唱过不受海蓝和天蓝诱染，翱翔其间的白鸟之心。但同是蓝色，天蓝和海蓝自然是不同的。画画时调和的胡粉是白色的，画白鸟的胡粉、画美人红颜的胡粉和画皓月的胡粉，都是一样的胡粉。但是画成的画，如果是真正的艺术品，那么白鸟的白色、美人红颜的白色和皓月的白色都是不一样的，各有各的白。这是为什么呢？即使用同一调色盘中调和的同一胡粉画，画出来的白鸟是悲伤的，画出来的美人红颜是温暖的，画出来的皓月是冷淡的。这其中是绘画的灵魂。因为画笔是手指的延长，胡粉是心灵的表现。不论白鸟、美人还是皓月，肯定都不能随便涂抹上胡粉。它们各自的白色本来都不一样，所以画它们的人的心情，也必须根据对象和时间而变化。也就是说，画月亮的时候，不能仅仅因为月亮是白的，就涂抹白胡粉。一定得在心里想着"傍晚的月亮是淡淡的，冷冷的皓月"。也不能因为对方是美人，就把肤色画成洁白的。一定得用心与美人的脸颊、美人的手臂、美人那柔和鲜活的肌肤交流，只有这样，即使用同样的胡粉画出来的画，也能表现不同的白色。

　　做料理用盐时，一定要考虑是为了增加咸味用的盐，还是做年糕、小豆汤等时要增加甜味感用的盐。要增加咸味的时候心里就一定要想着咸盐；做小豆汤时一定要在心里想着甜味，然后才捏一小撮盐进去。就算你按分量认真地放进去了，但是由于食材和火候条件的不同，所以并不一定能做出书上所说的味道。所以说，做料理时的心情是很重要的。画画的人，如果失去这种心情，只是漫不经心地涂抹，那他就不是一个艺术家，而只能算是一个匠人。他所画的画也就不是真正的绘画，而是一张涂抹而来的画。做任何事情，技术是必要的，但技术之外，还需要作者的爱情、作者的人品。用同样的材料，做同样的东西，但是结果却是大不一样的。

在做饭的时候，你加了一小撮盐，你想知道现在锅里到底是什么样的味道，但如果你不尝，就不会知道咸淡，这样肯定是不行的。你在尝咸淡的过程中，味觉渐渐麻痹，好不容觉得味道差不多了，锅里的料理起码有一半因为试味道而吃掉的事情还少吗？我们应该做到，即使不尝也应该知道锅里的东西的味道。歌人能咏唱石头的心，也能咏唱小鸟的心。名医不用听诊器听，就能知道病人哪儿有问题。病人是大人的话，还能说自己是肚子疼或者头疼，但如果是婴儿，他们不会说，也听不懂名医的话，这又该如何？

如果不问不答就看不了病，那还怎么给婴儿看病？如果不尝尝料理的味道就不知味，那怎么行？艺术不是艺术家的专利，料理也是艺术，同理，料理不是厨师的专利。要把不尝就能知道锅里的味道，看作是料理人温暖的爱情。

1953 年

任何食材都有其他食材不可替代的原味

第三卷·02

## :: 三州风味小芜菁汤

基本上谁都会做味噌汤，虽然味噌汤很简单，但其实日常生活中谁都做不好。所以，我在这里就讲一讲味噌汤。

味噌汤无论在里面放什么，烧的时间都不能太长。制作味噌汤，首先，要做高汤；其次，把要放进汤里面的菜先煮好；最后才是放味噌。汤烧开后马上盛碗。按这个顺序做就不会出现大问题。

不过每个家庭的情况不同，即使是一家人每个人的情况也会不同，因此早上用餐的时间很难一致。有 7 点吃饭的，有 8 点吃饭的，大家吃饭的时间都不一样。一锅味噌汤，最早吃的人能吃到最好的，为了后面第2个、第3个吃的人，把味噌汤一直放在火上加热，或者把放凉的汤再加热，最后味噌就成了莫名其妙的泥水一样的东西。味噌汤有味噌汤的窍门，如果没有掌握这个窍门，就不可能喝到味道鲜美的味噌汤。

总之就一句话，就看你是最大限度地保留味噌的风味，还是抹杀味噌本来的风味。味噌本来的风味如果被抹杀了，那味噌汤就失去了意义，也就做不出美味的味噌汤来了。相反，如果最大限度地发挥了味噌本来的风味，这说明做味噌汤的人的魅力也被最大程度发挥。

从能否发挥味噌本来的风味，也能看出来做味噌汤的人是否能发挥自己的能力。做汤的人如果不能发挥自己的能力，那么也就不可能做出美味的味噌汤来。做料理的人，如果不能做到时刻对发挥食材本来的风味表示关心，那么就做不出好的料理来。料理不好，味道自然也就被破坏了。要让我说，其实很多料理店都把料理糟蹋了。

把味噌下到锅里后，咕嘟咕嘟烧开的那会儿就是最佳的时候。三州味噌①含的淀粉多，连淀粉部分都用的话味噌汤就会变稠，

---

① 三州味噌："八丁味噌"的别称，是爱知县一带生产的大豆味噌。其风味浓厚，有独特的涩味和苦味，为怀石料理不可或缺的食材。

不会好吃。稠稠的味噌汤不配上酒席。如果饭桌上除了味噌汤以外，还有生鱼片等 5 道或 7 道菜上的话，浓厚的三州风味味噌汤会让食客产生饱腹感。三州味噌不要全用，应该只用一部分，也就是把淀粉的那部分除去。3~5 成比较合适。如此才能做出适合喝酒的味噌汤来。

做这种汤得先要把三州味噌从上面刮出来。然后放到细孔的漏勺里，再放到锅里涮。涮一涮后，漏勺中会剩下很多淀粉。化到汤里的分量只要有味噌的风味就行了。当然，这也要按每个人的口味适当调节才行。多涮几下汤味自然就浓，少涮几下就成为奢侈的味噌汤。这就叫涮味噌汤。

一个简单的味噌汤就有各种做法。做的时候手艺不同，即使用同样的材料，做出来的味噌汤也可能是不同的。

说到底，一个人是随便做，还是用心做，都是由各自的精神决定的。例如，一般早饭吃的味噌汤，里面会下萝卜或小芜菁等。总之，想办法下最合适味噌汤的材料就是最好的。料理店只考虑体面，一心只为了好看，所以味道只能屈居第 2 位了。料理店如果变得不讲究了，就会把下进味噌汤的萝卜单独煮熟，或者下进去的萝卜是凉的而汤却是热的。总之，这些不好的小动作，都不是有心之人该有的。

用萝卜和小芜菁等蔬菜时，绝对不能把蔬菜本身的味道"杀"

掉。如果是用鱼，则鱼单独做好，味噌汤做好后再放进去也没有问题，特别是青鱼，比如青花鱼、竹荚鱼。如果不这样做，汤不仅会变腥，最终也会掉档次。但如果是白丁鱼、去掉内脏的香鱼的话，其本身的味道比较淡，也就不需要那样做了。三州风味的味噌汤还有下江户前小鲻鱼的做法，也有下白肉鱼、蚶子等淡味材料的做法，还有用豆腐做的方式。总之，根据自己喜欢的浓淡下功夫做就好。

于我个人而言，三州味噌味道太浓，我个人并不太喜欢。有一次，别人给我送了大量的三州味噌。我没办法处理，只好就那样先放到库房里了。五六年过去了，有天突然想起来，便做来吃，吃了后却发现味道变得很清淡，原本味噌浓烈的味道不见了。这对我来说是一个重大的发现。

结果，那些味噌很快就被我吃光了。由此可以推断，味噌存放几年后味道会变淡。新味噌太鲜太浓。我还是喜欢乡下的味噌，且只用这种味噌。信州、北陆地方的人差不多都是自家制作味噌，我倒不太看好。

1934 年

## :: 竹笋是时令美味

罐装的竹笋，没有资格成为一流日本料理的食材。但是作为二流以下料理的食材，不论是在日本料理还是中国料理中，一年四季都不可或缺。所以从某种意义上来说，竹笋以美食材料之名坐上一等席位也不是不可以。

那位二十四孝之一的孟宗以孝敬母亲而闻名，因母亲想吃笋，便在大雪天为母亲挖地下深处的竹笋。其实竹笋在下雪以前就已经开始发芽，从竹笋的成长过程来看，这并不是一件多么神秘的事情。

京都大阪一带的一流料理店从年底开始，以竹笋为时鲜，给客人提供时节性料理。味道虽然不能与旺季成堆成框的竹笋相比，但也有一种不可名状的风味，完全值得重视。

竹笋产地不同，其味道大有差异。京都大阪是主要产地，关东的竹笋完全不行，目黑的竹笋则是徒有虚名，毫无美味可谈。京都洛西樫原产的竹笋自古被看作天下第一，那附近一个叫向日町的地方是上等竹笋的产地。

洛东南部伏见稻荷山的毛竹林最近突然开始产出上等竹笋，据说品质不亚于樫原产的。

但以我的经验来看，还是樫原的品种、质量最为优良。入口咬嚼时有一种明显的甜味，香气也极为浓厚。没有纤维，入口即化。

若在时令季节食用，就能吃出大自然的美味。但本来是极为好吃的东西，最近因为料理店激增，为了给这些料理店提供食材，很多人冬天都去挖。即使是杂笋，也就是竹笋的嫩芽都被挖得一干二净，终于到竹笋的季节了，可是竹林里却找不到一个。结果尴尬的是，到吃竹笋的季节了，普通人的餐桌上却看不到竹笋的影子。

还有一点，将煮好的竹笋一直放到水里浸泡，这是不知道竹笋美味的人做的事。如果是产地刚挖出的，那就不应该用水煮，而应该直接炖，这样才不会让味道跑掉。京都很多人都是这样做的。竹笋出锅放凉后，有白色粉末出来，京都人却不在乎，直接品味。炖新鲜竹笋，却用酱油和砂糖做成的调味汁浸泡竹笋，这种做法也应该反省反省。

若是放了几天的竹笋和罐装的竹笋那样做是没问题的，但刚挖出来的竹笋，炖的时候不应该把汤汁煮进去。炖好的竹笋清白无垢，才是品尝竹笋美味的秘诀。

只有这样，才能让竹笋自身原有的美味和香味"活"起来，才能使人充分享受春日美味。但是关东产的竹笋要想煮得跟京都产的竹笋一样却很不容易，因此要根据竹笋的情况下一些功夫。毛竹的季节将要过去的时候，"淡竹""箭竹""苦竹"等竹笋又上市了，吃完毛竹豪放的美味，再来品味这些小竹笋的精巧妙味，不亦乐乎？

妙哉，妙哉。

1938 年

## :: 海有河豚山有蕨

最高级的美食其实是完全无味的，不可思议的是，无色无味的美食却含有无穷的魅力。

如果有人问，日本的食物中，最为美味的是什么，我的回答一定是河豚。

在东京，几乎没有吃河豚的机会，所以我真的很羡慕住在德岛、下关①、出云②一带的人，他们在入冬到早春之间，几乎每天都能吃到河豚。

去年 1 月，为了挖陶土我到九州的唐津③去，为了研究天然甲鱼顺便还去了柳河。从九州返回东京，途径下关，在下关的大

---

① 下关：山口县下关市，日本最大的河豚集散地。
② 出云：岛根县出云市，位于日本海一侧。
③ 唐津：佐贺县唐津市。

吉品味了河豚。河豚照例是没有任何味道的，却也照例有着不可思议的诱人魅力。白味噌的稀稠虽然不太好，但有河豚，所以也不觉得有问题。

第二天早晨，可能因为醒来得太早，一醒来就想吃河豚。但因为有事到了广岛，到了广岛，不吃生鲜牡蛎不行。生鲜牡蛎在平时虽然就是不错的美食，但对吃过河豚的翌日的舌尖来说，却是有问题的。不管对生鲜牡蛎倾注多大的好意，在餐桌上剥了吃，吃了剥，但其美味只是停留在舌尖，并没有沁入心脾。所以等到了晚上，我还是决定去品尝河豚火锅。

河豚的味道，与香蒲烤鳗鱼的美味、味噌腌鲳鱼的美味、金枪鱼寿司的美味相比，等于完全没有味道。最初胆战心惊吃河豚的人，吃完后却会马上说"岂有不吃如此美味食物之理？"的说法，实际上这不是没有道理。

甲鱼虽然也好吃，但与河豚相比，因为有味道，所以很遗憾，只能降一级。其味道正因为被人们所知，所以那不是真正的味道。也就是说，把河豚这种味道说成无为之为，或者无味之味吧，如果那种味道本身不是协调得神秘叵测，而且其背后还具有无限的扩展性的话，那就不像是真实的美味。

我毫不犹豫会把河豚推举为水产中最高级的美食。那么山珍呢——对于这个问题，在这里，我想把票投给蕨菜。这里我说的当然是刚摘到的新鲜的蕨菜。采到蕨菜后，按部就班地用清水煮熟去涩，然后蘸酱油和醋吃。这也是一种无味之味，不最大限度发动自己的味觉器官就不行。

海有河豚，山有蕨菜，这两个其实是日本最高级的一对美食。中国人追捧的燕窝料理，其实就是海燕的巢，像泡在水里的日本的凉粉一样，本身没有什么味道，可是如果没有了这种食材，中国料理就没有了灵魂。燕窝具有不可思议的魅力，慢慢地使人们开始寻求同类，于是就有了鱼翅、银耳等。日本人和中国人不断追求的终极味觉，就像这些最高级的美食所暗示的那样，难道不是把那种不可名状的、高度统一的、完全的味道当作最高级的美味吗？这是一个小小的对美食感觉的实证。

1931 年

## ：： 田螺

最近，水田里"咔啦咔啦"清脆的叫声有时盛大，有时激烈。有人说那是田螺，因为自己知道田螺的叫声而翘着鼻头洋洋得意。什么？那是青蛙，你胡说八道。每年一到这个季节，每天都有人为此争得面红耳赤。不信那就抓几个田螺放进罐子，放在房子里听一听，怎么样？

不过，没有好事之徒去这么做，但有芜村诗如下：

*侧耳听桶鸣，岂非田螺哉？*

如此看来，芜村要么是专心听放在锅里还没烧煮的田螺的叫声，或者特意把田螺放到桶里听其叫声。不过话虽如此，但到底是田螺的叫声，还是青蛙的叫声，这个谜总是被都市人不了了之。

我觉得，就当田螺、青蛙都在叫不就没问题了吗？重要的是，田螺可是一种不可轻视的美味食材。

因为大家都知道田里的田螺很多，所以一般人都本能地、习惯性地不会把田螺当作美食食材来看。但美食家们却像商量好了似的没有人不喜欢。田螺哪怕是作为主菜前面的下酒小菜端上来，我们这些人都会感到亲切而自然，不由莞尔一笑。一般各地都是切大量的生姜末煮来吃，而且任何产地的都能这么吃。

出云一带拿田螺与酒糟一起煮。这是作为大菜发明的，确实自有其合理性，也有极高的价值。田螺也可以做味噌汤，田螺味噌汤也很合理。也还可以做花椒芽拌田螺——把花椒芽放进白味噌里，搅拌均匀，然后和田螺拌到一起。在关西这是家常便饭。与花椒芽拌鱿鱼相比，属于更高一级的美食，是一种行家吃的东西；还有一种料理店的吃法——被料理店美化以后的田螺串。小小的肉粒用细竹签串起来，蘸上花椒芽味噌或者一般的味噌，然后稍微在火上烤一下。看着还不错，所以女性很喜欢，事实上作为下酒菜也很配。把这种小小的田螺串作为凉菜，与其他菜组成拼盘，一定会大获成功。

田螺也能作为健康食品食用。如果能每天吃田螺，身体一定会好。不过这也许只是我自己的一厢情愿……

说来也奇怪，我7岁的时候得了肠炎，好几位医生都说没救了（是否从那个时刻起我就对美食开始感兴趣不得而知，总之那时我的命已经没多长时间了），正好闻到厨房传来的田螺的香味，我就硬要吃田螺。继父母等周围的人都没办法了，不知道怎么办好。田螺不好消化，所以都连哄带骗不让我吃。可是医生却说，反正活不了多长时间了，快要死的孩子想吃什么，就给他吃吧。大夫这么说，继父母就把几粒煮熟的田螺肉喂给已经饿得皮包骨的我。周围的人都皱着眉头，满脸不安，看着我的变化。

可是事情就是那么怪，不可思议的事情发生了。吃了田螺肉后，就好像吃了什么灵丹妙药似的，渐渐地，我的精神就好了起来，没几天就完全好了，最终我逃过一劫。从那以后，几十年里，我从来没再生什么病。与此有无关系不知道，反正我到现在还是很喜欢田螺。

1932 年

## :: 香鱼的吃法

因为种种原因，一般家庭不可能把香鱼做得很好吃。

选三四寸大小的香鱼，用盐烤着吃的吃法是最为基本的。但一般家庭很难买到这种活香鱼或鲜香鱼，有些城市也许有家庭能买到这种香鱼，但在东京可以说是绝对不可能的。东京的情况只能这样。就算能买到活着的香鱼，普通人也不可能干净利落地穿上签子烤。

香鱼给人的一般印象是，离开水就会马上死掉，所以人们都认为这是一种非常孱弱的鱼。实际上，香鱼是一种生命力非常旺盛的鱼，就算是被放到案板上砍掉头，身子还能活蹦乱跳。不仅如此，活香鱼滑溜溜的，想抓住穿上签子，要做到干净利落尚且很难，更不要说要把穿好的香鱼烤得恰到好处，那可不是随便就能做到的。

此外，一般家庭用的那种木炭火力弱，根本就烤不好香鱼。尾鳍被烤焦，整条鱼被烤成黑乎乎的，本来漂漂亮亮的香鱼被糟蹋得一塌糊涂。打个比方，就像把一个绝世美人糟蹋成一个不堪入目的丑八怪，真令人悲哀。

因此说，一般家庭烤不好香鱼绝不是什么不好意思的事情。把看着就好吃、通体光洁美丽的香鱼烤得色香味俱全，令品尝香鱼的食客一看就很感动，第一眼就能想象眼前的香鱼的美味，是一个相当困难的工作。而把香鱼做好也只能靠那些一流的料理店了。

本来任何食物的味感与形美都有着不可分割的关系，香鱼更是这样，一定要重视其形态之美。

香鱼是一种美丽端庄的鱼。但即使如此，因产地不同，也是有美丑之分的。

香鱼越是形态美丽、光洁色正，香味也越是高雅上等。正因此，烤得好坏，对吃香鱼的食客来说就是一个决定性的要素。

要想品味纯正的香鱼，除了到产地，以及一流的料理店吃以外，没有别的办法。最理想的情况就是，从河里钓上来后，现烤现吃。

如今，香鱼一般都是用盐烤来吃，但是上等的香鱼做成冷鱼片吃也非常美味。

小时候，有一段时间，我住在京都。有一天，鱼店的人拿了一堆香鱼的头和骨头来。香鱼肉都被剔掉了，只剩下香鱼的骨渣。骨渣能有什么呢？可是不管怎么说，那可是香鱼的骨渣呀，把骨渣烤了后做高汤，或者与烤豆腐一起煮着吃，肯定很美味。

话虽这么说，怎么会有那么多的香鱼骨呢？我当时还小，不懂就想问，鱼店的人告诉我，京都三井家①做香鱼冷鱼片，这些都是做冷鱼片剩下的骨渣。

我大为吃惊，而且打心眼里佩服，居然有人能这么奢侈！

从那以后，我就知道了香鱼还有做成冷鱼片的吃法。但是作为一介贫穷书生，不可能那么奢侈，所以也就一直没有吃的机会。现在一算，那已经是50年前的事了，我也终于有了一个敞开肚子品味香鱼冷鱼片的机会。

有一天，那还是在加贺的山中温泉滞留的时候。距山中温泉旁边不远，有一个名字温文尔雅的桥叫蟋蟀桥，那个蟋蟀桥桥头有一家名叫曾喜楼的料理店。这家料理店在鱼池里养着香鱼、杜父鱼、红点鲑等产于深山幽谷的鱼类，而且便宜得不得了。穷乡僻壤的山里也没有什么好吃的，想吃饭的时候，只能去这个地方。

因此，我经常跟别人一起去这家曾喜楼吃饭。吃着吃着，我突然想起小时听说的香鱼冷鱼片的吃法。那里香鱼也便宜，所以当场就请师傅做了冷鱼片来吃。吃后大惊，非常好吃。啊啊，明白了，难怪人家三井家要吃呢。

因为好吃，所以那时吃了很多。有人来拜访我，我就请他们到曾喜楼去，让师傅做冷鱼片来吃。但是人的习惯真是不可名状

---

① 三井：指当时的三井财阀。现三井集团的前身。

的，大部分人都不敢放开吃。总是想鱼头怎么啦，骨头难道扔了吗之类的问题。当时在京都1条要卖到2元左右的香鱼，在那里一直是30元左右一条。做成冷鱼片后，1份就得1元以上。香鱼冷鱼片的吃法，总觉得有些浪费，心里过意不去，虽然知道它好吃，但没有勇气放开吃。但是只要有机会，我还是会做冷鱼片吃。

受香鱼冷鱼片的启发，在那之后，我还试着做红点鲑的冷鱼片吃，即把五六寸大小的红点鲑做成冷鱼片吃。其味道鲜美不亚于香鱼。

香鱼还有岐阜的杂烩粥、加贺的葛叶卷等吃法，香鱼装在竹筒里烤着吃的吃法也是别有一番风味的。但是这些都是不能做成盐烤香鱼的情况下的退而求其次之策，是原始的食用方法，虽然这些也都是很不错的吃法，但绝不是最好的吃法。可是东京却有人特意模仿着那些方法吃，这些人都在变着花样吃香鱼，他们是只要有吃香鱼的行为就会满足的吧。

话说回来，香鱼的做法还是普通盐烤的最好，这种吃法才是最上等的吃法。即使烤的时候不小心就会烫伤，但当吃到那一口热乎乎的满口留香的香鱼时就会大为满足。

1935 年

## :: 漫话鳗鱼

我出生在京都，在京都生活了 20 年，所以对京都、大阪一带比较熟悉。后来，我来到了东京，对东京知道的也就多了。所以评论的时候，可以说不偏不向。鳗鱼的烤法，也不说东京好还是大阪好，但还是先批判吧。

到了夏天，哪儿都一样，都要吃鳗鱼，大街小巷都有人谈论鳗鱼。鳗鱼店一到这个时候也不遗余力地到处宣传"暑伏丑日①吃鳗鱼增进健康""吃鳗鱼可以消暑"等。

一般来说，在食欲极端减退的这个时期鳗鱼最受人欢迎，因为鳗鱼是一种值得特别对待的美味食品。不过鳗鱼也有很多种类，也有优劣之分，如果不假思索就说鳗鱼是一种"特殊的美味食物"，肯定令人生疑。

我这里说的鳗鱼指的是高质量的鳗鱼。"好吃"这个评价，只能针对高质量的鳗鱼。品尝后发现不好吃的鳗鱼，不能称作好鳗鱼吧。而且不好吃的鳗鱼营养价值也低，品尝的时候也不能令人拍手称快。就算是同一种类，大小和鲜度不同，味道也不一样。

① 暑伏丑日：日语为"土用丑日"，指立秋前 18 天的丑日。日本人有在此时吃鳗鱼的习惯。

所以说，仅凭鳗鱼之名，是不能作为好吃与不好吃，或者有没有营养价值的判断标准的。

穷人说只要闻了烤鳗鱼的味儿就能下饭，可见烤鳗鱼确实是特别好吃的食物。人们互相议论"哪儿哪儿的鳗鱼好吃"，一般都自吹自己老家产的，各地有各地的得意之处。东京筑地、京都、大阪的鱼市场都有各地代表性的鳗鱼。普通人很难判别鳗鱼的好坏，但是鳗鱼店因为就是搞这行的，所以什么类型、什么价格的鳗鱼他们一看就知道。一般说来，好的鳗鱼的价格自然也就贵一些。单从好吃这一点上来说，天然鳗鱼当然比养殖鳗鱼味道纯正、肉质鲜美。这是由于季节、产地、河川等条件所致。

"几月哪条河产的好""几月哪一带海产的好"等，一般都用季节和产地说明其多么好。这是因为鳗鱼生活的海底和吃的饵食一直在变，鳗鱼凭自己的直觉不断追着食物移动。它们的嗅觉本能总能使它们找到饵食最好的地方。发现好饵食后，它们便兴奋地"呼啦"一下移动过去大吃大喝，充分满足自己的食欲。它们能吃饱、吃好饵食的时候，也正是我们吃鳗鱼的最好的时候。这一点不仅限于鳗鱼，也能用来解释说明其他事物。

比如说燕子就是这样的。世上那些有知识的人，会把燕子的迁徙给孩子们说成"为了避寒，去温暖的地方"，但这种说法有些错误。事实上，是因为维系它们微弱生命的食粮，也就是小昆虫没有了，所以燕子为了获取食物才迁徙的。不往南边飞它们就不能存活下去。为了保命迁徙求食，不仅是燕子，其实这也是所有动物的本能。鳗鱼的迁徙当然也是自然的法则。

那些长长的、傻乎乎的鳗鱼们在把自己住惯了的河川里的食物吃光后，就开始往别的地方迁徙。海底有食物的时候就一直住在海底，吃光了再往别的地方转移。六乡川好呢，还是横滨本牧好？都是因为上述理由。说哪儿产的鳗鱼，指的也就是鳗鱼迁移到的有好饵食的地方。

那种人工养殖的鳗鱼，也因土地和水池的不同有非常大的差异。人工养殖的鳗鱼都会出现差异。首先，水质就会造成不同的影响；其次，海潮可能也会产生不同影响；但是最重要的问题其实应该是饲料。饲料不同，会直接影响鳗鱼质量。养殖鳗鱼只要投食合适的饲料，也会养殖出美味的鳗鱼。但是养殖鳗鱼的人，只考虑经济问题，尽量用便宜的饲料快速地把鳗鱼喂大喂肥，由此造成养殖鳗鱼的品质与天然鳗鱼的品质之间的差距越来越大。经济上的理由虽然也有。但话说回来，无论你花再多的钱，作为人却想知道什么是鳗鱼最喜爱的食物，这本来就非常困难了。

为了进一步弄清饲料的情况，我以甲鱼为例。甲鱼喜欢吃花蛤以及其他比较小的软体贝类。只要看过独齿甲鱼的大肠就能知道，因为它们喜吃贝类，所以肠内全是贝类消化物。但是，养殖甲鱼的人觉得投喂贝类的费用太高，所以就给甲鱼吃鲱鱼。这样一来，慢慢地，甲鱼身上就有了一股鲱鱼味，食客们吃起甲鱼来也就吃出了鲱鱼味。我们不能无视这种因为饵食极端影响甲鱼品质的问题。

同样，即便是养殖鳗鱼，但只要给鳗鱼喂好饲料，鳗鱼就会美味；相反，即使是天然鳗鱼，但如果没有吃到它们喜欢的饵食，那也不一定就会好吃。总之，决定在于饵食。天然的虽然最好，但是养殖的只要努力，也能养出与天然相差无几的鳗鱼来。

不过，现在市面上给消费者提供的鳗鱼中，天然的鳗鱼只有极少一部分，可以说基本上都是养殖鳗鱼。不是因为天然鳗鱼没有了，而是因为捕捞天然鳗鱼要花很多的人力物力，问题出在利益上。只要养殖鳗鱼的价格高于天然鳗鱼，一般人肯定就不会去买，由此天然鳗鱼自然就会繁昌。刚才已经说过，养殖鳗鱼的时候只要把鳗鱼喂肥就行，只要长大了就能变成钱。虽然不能完全不管味觉了，但也不能总是把这当成次要问题来考虑。现如今只要说鳗鱼，大家的第一印象就是养殖鳗鱼。东京还有五六家鳗鱼店用着天然鳗鱼，京都、大阪一家都没有了。此外，还有混用养殖和天然的鳗鱼店。

另外，天然鳗鱼因为吃着天然的饵食，虽然还是有优劣之分，但通常情况下，可以认为天然鳗鱼就是好吃的。养殖鳗鱼中也有好吃的，但如果不去特别好的鳗鱼店是碰不到的。

最后，到底什么时候的鳗鱼最好吃呢？与暑季相反，其实寒冬1月是最好的。但奇怪的是，虽然寒冬的鳗鱼好，人们却没有吃鳗鱼的欲望和冲动。虽然知道寒冬的鳗鱼好吃，但人们的生理上却不需要。虽然夏天的鳗鱼没有冬天的那么好吃，但人们吃鳗鱼的欲求却在酷热的盛夏沸腾起来。这大概是因为被暑热压迫的肉体如饥似渴想要补充营养的缘故，盛夏鳗鱼受人欢迎的原因大概也就在此。当然，还有"暑伏丑日吃鳗鱼"这个沿袭下来的传统习惯的原因。

冬天，人体对牛肉有需求，而鳗鱼、小金枪鱼等食物好像主要表现在夏天的生理需求上。而一些鱼类，比如皮鲸（鲸鱼肉连接皮的脂肪部分），日本人觉得夏天的皮鲸会非常好吃，但冬天则完全没有吃的兴趣。也就是说，这些都和人的生理需求有很深的关系。

以我个人的体验来说，鳗鱼若每天都吃，不久就会腻味，三天吃一次最好。从美味这点上来说，我希望养殖法更加进步，从而使人们能够畅怀享受品质高的、美味的鳗鱼。

作为参考，这里举出几家一流的鳗鱼店，小满津、竹叶亭、大黑屋等不错，都在现代风格中融合了传统的风流和风雅，感觉非常好。其中竹叶亭已故主人非常喜欢名画，特别喜欢收集琳派绘画，是一位收藏爱好家，竟然收集了最近被人热炒的宗达和光琳等人的几十幅绘画。从这点上来说就很令人敬佩。现在的竹叶亭还能雅致风流，理由就在于此。

懂得美的人，不论做什么生意，总有与凡人不同的地方。

至于鳗鱼的烧烤方法，虽然有其他地方的直烤和东京的蒸烤之别，但无论怎么说，东京的蒸烤是最好的。

1935 年

:: **美味的生鱼片**

要说好吃的鱼，即使鱼种不同，除了少数以外，那无论如何都要算关西的鱼了，纪州①、四国、九州与濑户内海当然可以同列。从伊势湾②一带往西，到了濑户内海一带，谁都会不由得点头称赞。这种截然不同的美味，早就被天下人认可，在这点上，关东的鱼只能向关西的鱼低头，不容有一言半句不满。但是要说例外的逸品也不是没有。从现在起到七八月前后，东京近海产的斑点鲽鱼（星鲽）做的冷鱼片，其味道之美可远远不是关西的冷鱼片所能

---

① 纪州：大阪南部和歌山一带，故称纪州。
② 伊势湾：位于三重县和爱知县一带的海湾，纪州东部。

相比的。

　　我很少说什么东西是天下第一，但我却不得不说这才是天下第一。

　　东京筑地鱼河岸早晨的鱼池里能看到斑点鲽鱼的伟容，它们在水底悠然地游动。真的有相扑横纲的风貌。味道以3斤左右的为最上乘。切得比一般的黑鲷冷鱼片稍厚一些，做好后马上夹到舌尖上，简直值得夸口为炎炎夏日的天下第一美食。

　　这种鲽鱼能长很大，七八斤以上的也一点儿都不稀奇，但在味道上就会有问题。

　　做冷鱼片必须用活鱼，非活鱼不可。京都的鱼市自不用说，大阪的鱼市虽然也有鱼池，但都不是很全，都没有具备东京那样的鱼池设备，所以能做冷鱼片的鱼不多，说冷鱼片是东京的独家戏也不为过。但东京也有把那黑鲷切成跟纸一样薄的冷鱼片，这很成问题，算是各有长短吧。

　　2斤左右的鲈鱼做的冷鱼片，或者同等大小的鲻鱼做成的冷鱼片等，也完全值得夸赞。此外，3斤左右的真鲷做成的冷鱼片也相当不错，但是它们都不及斑点鲽鱼冷鱼片。

　　黄貂鱼、章鱼等生鱼片看起来可能比较怪，但它们都应该归于低等珍馐一类。与鲤鱼相比，鲫鱼的冷鱼片格外好吃。与龙虾相比，对虾为上等。鳗鱼和泥鳅的冷鱼片也有蘸醋味噌的吃法，但得在喇叭花棚底下吃才是美滋滋的。

最后介绍一种最上等的冷鱼片，那就是 7 两左右的红点鲑做成的冷鱼片。7 月前后成熟期的红点鲑冷鱼片，在城市里不容易吃到，但这也不是难事。要想吃新鲜的红点鲑冷鱼片，不亲自去深山溪谷是吃不到的。我常常到黑部溪谷、九谷深处、金泽的杜父鱼店去品味红点鲑，其味道之美可以与斑点鲽鱼并列，而且红点鲑还有一种特别的风味，值得赞赏。

还有一种特别的鱼片，那就是北陆的多罗波蟹冷鱼片。这也是一种不但值得珍重，而且可看作是简单美食的王者。

日本海各地都有鲇鱼，其中也有可与斑点鲽鱼媲美的美味。

1938 年

:: 鲱鱼子吃响声

一般情况下，人们都会在正月吃鲱鱼子。鲱鱼子作为我喜欢的食物，不仅是正月，平常我也经常吃，因为它实在是好吃。

你要问那到底是什么味道，我很难回答你，反正就是很好吃。不过仔细想想，用牙把鲱鱼子咬得"嘎吱嘎吱"响，那响声会很悦耳。如果把这响声从鲱鱼子上去掉了，那鲱鱼子肯定也就没有那么好吃了。

响声助力味道，或者说音响增加味道的浑厚的食物，除了鲱鱼子，还有海蜇、木耳、米饼、烤米饼、腌萝卜等。有声响相助更显美味的食物，其实不胜枚举。

事实上，并不是只能在舌尖上才能感受到食物的美味，其他感官也可以。因清脆而好吃的、以柔软为好吃的、因筋道而好吃的、以有黏性为佳的、以酥脆为上的、因绵软而味美的、以松软为佳的、因松散而好吃的、因薄脆而好吃的、因没有弹性而好吃的、因为硬而可或不可的……大致想一下就能想到以上这么多食感。这些食感决定了大部分食物的好吃与否。从这个意义上来说，因为鲱鱼子在口中"演奏"着炸裂交响乐，才充分发挥了鲱鱼子的真味。也正因此，牙口不好的人是享受不了这种美味的。

鲱鱼子与其他鱼子不同，从在鲱鱼肚子那时起，就有着与晒干用水发后几乎一样的硬度，即使吃生鲜的也会发出"嘎嘣嘎嘣"的响声。最近因为冰箱普及，城市里的人也能吃到生鲜的鲱鱼子，或盐腌的生鲜鲱鱼子，料理店为了看着美观，也大都用这种生鲜的。但如果想追求本来的味道的话，还是要像以前那样，先晒干，然后用水发软再吃，此种吃法更为鲜美。

晒干后再用水发开比生鲜的更好吃的东西，除了鲱鱼子，还有海参、鱼翅、某些菇类等，虽然有一些，但是种类并不太多。

鲱鱼子的母鱼，也就是鲱鱼，也是这样的。鲜鲱鱼不论是烧还是煮，都不太好吃。可是如果切片晒成鱼干，再用水泡软，最后再料理的话，就会变成一种上得了席面的美食。

　　有人觉得鲱鱼干、鳕鱼干之类的食物不好吃，但其实料理好了，都是不错的美食。其特殊的美味能令美食家们无可挑剔、无话可说。如果有美食家认为鲱鱼干和鳕鱼干不好吃，那他就是假冒的美食家。

　　鲱鱼子绝对不能再加入其他味道。真正知道鲱鱼子美味的人，是绝对不会用味噌或酒糟腌制鲱鱼子的，他们也绝对不会用酱油浸泡。鲱鱼子最好的吃法是，把用水发软的鲱鱼子洗干净，然后掰成适当大小，选用上等的鲣鱼花或鲣鱼粉摆放在鲱鱼子上，再浇上酱油，不等酱油完全浸到鱼子里就开吃。这是最为美味的，也是最一般的食用法。除此之外，即使变个法子调理，也只不过是形式上的变化罢了，对于味觉来说，并没有比这更好的。

　　新鲜的或盐腌的鲱鱼子用菜刀斜切成薄片，然后在甜醋中腌一段时间，此法虽然也比较好，但是如果用菜刀切鲱鱼子干，还是不太好，会显得没有品位，这样做出来的鲱鱼子也不会好吃。还是用手指掰开最好。

　　有些鲱鱼子吃起来，口中不会"嘎嘣嘎嘣"炸裂，也发不出声响，它们筋道、黏糊糊的，甚至还有一点儿涩味，那是因为鱼子在母鱼肚中没有成熟的缘故。也就是说，这不是临月的鱼子，而是怀孕五六个月的未熟的鱼子。这种还未成熟的鱼子，就算是鲱鱼子，也不好吃。

1930 年

## :: 茶泡饭的味道

不光是茶泡饭，料理这种东西，富人吃的和穷人吃的，总是有着天壤之别。不过，就算有着成斗的财富，不论是生鱼片，还是牛肉，想买什么食材就能买什么食材，没有任何不自由的有钱人，在吃厌了豪华料理后，肯定也会有想吃简单且美味的东西的时候。医生说，这是因为身体里那种营养积累过多，生理上已经不需要了。这种情况下，一般都想吃茶泡饭。

如果只是随便吃一碗茶泡饭的话也就没什么可说的了，但如果想吃豪华版的，特别是自己喜欢的茶泡饭，就不能随便用一块鲑鱼凑合了。就拿这块鲑鱼来说，也有各种各样的。如果能买到真正的咸鲑鱼茶泡饭，那我也就没什么要说的了，但是最近那种特殊的咸鲑鱼也很难买到了。若走进街上随便一家店，真正的美食家是不相信那些鲑鱼的，一般总是问："还有其他什么吗？"

会问有没有好吃的腌萝卜，有没有好吃的鱼干，或者说"那就吃鲷鱼茶泡饭吧"，总之，就是用花钱的方法。这种事情没有一定的财力是不可能随心所欲的。所以我说料理因贫富之差答案是千差万别的。

出现在女性杂志以及无线广播上的，所谓料理研究家们介绍的豪华料理，其实他们的根本出发点还是面向普通的大众，所以不可能成为奢华者的参考。

所以我在这里想说的是，茶泡饭是豪华料理。这是得到美食家们首肯的话。听到这，现在的年轻人可能会说："反正就是贵得不得了的那种吧。"对此，我还有一点要说，那就是料理不仅有贫富之差，还有年龄差距、喜好差距。因此，很难有让全家人都喜爱的料理。不分年龄，只是考虑嗜好是不可能让所有人都满意的。更不用说那些缺乏财力的人，他们当然不可能赞同那些价格高昂的、平时很少听到的料理的。

好的料理，没有长年培养的习惯，也是不可能吃出的。要想吃出好料理，还需要花相当的费用。但也不是说只要多花钱，谁都能知道食物的好吃与否。所谓的美食家都分很多等级，更不用说一般人了。总之，这与欣赏书画是一样的，只有懂书画的人才能看懂书画。

再回到茶泡饭的话题上来。这也分阶段的，比如说做鲷鱼茶泡饭，只给米饭撒上盐，浇上茶水就令人感到非常好吃的时候也会有。身体状况不同，有时候嗜好也会发生变化。并不是说今天觉得鲷鱼茶泡饭好吃，明天、后天，或者每天都会觉得好吃。

总之，要跟自己的身体好好谈谈，知道自己的身体此时最想要什么，是鳗鱼茶泡饭好，还是牛肉茶泡饭好，或者是腌萝卜茶泡饭好。只要根据当时的身体状态吃想吃的，自然就会觉得好吃。可是，也有人不这样根据自然规律做，而是抱着"贵的似乎好吃""不想吃便宜的"等此类想法去选择吃什么，抱这样的想法去吃茶泡饭的行为值得商榷。如果能让想吃茶泡饭的肉体吃到自己想吃的茶泡饭，那肯定幸福至极。这也可以说就是营养本位。这种理论不局限于茶泡饭，什么场合都可适用。

我的意思是，食物是创造自己肉体和精神的根本，从这个根本上考虑，只要吃好吃的就没问题。仔细想想，人们对食物的要求，最终只能是出于肉体对食物的要求。

但是，如果平时没有吃惯高贵的食物，不知道高贵食物的味道，也就不会要求高贵的食物。而吃高贵食物长大的人，因为身体与这些高贵的食物相匹配，所以总是要求美味的、高贵的食物。比如东京人花大价钱吃金枪鱼，但号称会吃的大阪人却不会花大价钱去吃金枪鱼。这是因为以前最高级的金枪鱼没有被贩运到大阪，大阪人不知道金枪鱼的美味。

受生长环境所致，有的人只知道吃好吃的东西，或者只知道吃难吃的东西，关于这一点，不应该强求去改变。人吃饭做事还是应该与自己的身份相应。如果不能做到这点，只是听到有关食物的话，也就不能享口福。闲话先说这些。

1932 年

## :: 紫菜茶泡饭

紫菜茶泡饭极为简单，但做来吃的人却很少。

做成罐头或瓶装的紫菜甜咸煮没有几个味道好的。这些罐头或瓶装的甜咸煮使用的都是放了一两年的紫菜，或者是夹杂着石莼的紫菜渣，这些都是非常低档次的食物。大部分质量差的紫菜用的都是石莼，充满了石莼的草腥味。

一般情况下，店里买不到好的紫菜甜咸煮，想吃真正好吃的紫菜甜咸煮的人，除了自己动手做之外，没有别的办法。

紫菜甜咸煮的做法是，在采生鲜紫菜的季节，用鲜酱油淋在生鲜紫菜上，然后用文火咕嘟咕嘟地煮，一定要认真地煮。不能买到生鲜紫菜的人，可以用别人送的干紫菜，然后加点酱油煮，这种做法也没问题。把煮成稠乎乎的紫菜，放到热乎乎的米饭上，浇上煎茶，然后再在上面放少许山葵泥即可，再也没有比紫菜茶泡饭更简单的料理了。酒后吃一碗，赛过活神仙，值得推荐。如果不用心去煮，只是用酱油拌一下，这种煮法非常粗糙，很不好。

想吃奢侈版的紫菜茶泡饭，就应该选用上等的紫菜，并且毫不吝啬地大量使用。紫菜越好其味道也就越好，所以讲究奢侈的人只要尽量选用上等紫菜煮就行。

这种紫菜茶泡饭谁都能做，下面我要说的是一种更为简便的紫菜茶泡饭。首先，选用上等紫菜精心烤制，或选用特别上等的、熟烤的紫菜揉碎然后放到热米饭上，再在上面浇上几滴酱油，放适量山葵泥，浇上煎茶就行了。

用烤紫菜卷热米饭吃的大有人在，但用烤紫菜做茶泡饭的人却很少见。一碗米饭用的紫菜的量，至多一片或一片半。特别是早上，或者酒后，或者吃过油腻料理后最合口。作为繁忙时的美食也很有效果。喜欢这种茶泡饭的人应该是美食家中的美食家吧。

不用茶，用鲣鱼汤或海带汤替代也不错。这种料理完全不需要腌菜作副菜。但是，有生活比较奢侈的客人来访，如果用紫菜茶泡饭作为早饭来招待他，那么，当然还是应该用上等煎茶。

我顺便再说一下紫菜的烤法。

烤紫菜是一件比较难的手艺。如果烤不好，一帖150元的高级紫菜就可能会被烤成只值50元的廉价物。而只要烤好了，只值 150 元的紫菜就可以被烤成价值 300 元的奢侈品了，甚至还会有人非常喜爱地说"要多少钱给多少钱"。这些凭的都是烤紫菜人的手艺，烤紫菜的人对料理的态度和修养决定一切。

一般说来，烤紫菜绝对不能烤两面，因为那样会把紫菜贵重的香味烤掉。因为木炭火会产生黑烟，如果木炭湿度高，则会把紫菜的香味烤走，所以一定要用烧得火红的备长炭①。用电炉子最好，但需要注意的是，不能一打开开关就把紫菜放上去烤，一定要等到电炉丝上的湿气烧干后，再放上去烤。

以前，专门烤紫菜的人用的都是备长炭，现在可能都用电炉子烤了。

说一句别的话，讲究的人烤肉也不烤两面。在旺火上只烤一面，看到肉汁烤出来了，夹上来蘸上调味汁，然后再放到铁网子上或者锅里，这次不是烤，而是只烘一烘。

所有料理美味的秘诀都在这种很细微的地方。就算好像懂了，觉得"哦，原来是这样的啊！"也不行，只说不做不行。希望大家都成为立刻动手实践的人。

1932 年

---

① 备长炭：产于和歌县的一种高质量木炭。以火力强、火焰小、炭灰少著称。